SANJA SC

Schnee
Elfen
Herz

FISCHER Taschenbuch

MIX
Papier aus verantwortungsvollen Quellen
FSC® C083411

Originalausgabe
Erschienen bei FISCHER Kinder- und Jugendtaschenbuch
Frankfurt am Main, März 2016

Satz: Dörlemann Satz, Lemförde
Druck und Bindung: CPI books GmbH, Leck
Printed in Germany
ISBN 978-3-7335-0236-2

PROLOG

Ich war nie ernsthaft krank gewesen, hatte keinen lebensbedrohlichen Unfall gehabt, und ich war ganz bestimmt kein Hypochonder. Doch seit meinem Sturz auf dem See lief irgendwas total verkehrt. Ein Teil von mir schien sich rasend schnell zu verändern. Ich wusste nicht, was los war oder warum mein Leben seit meinem siebzehnten Geburtstag Stück für Stück in sich zusammenfiel. Was ich jedoch wusste, war, dass ich mich irgendwie davor schützen musste. Mir lief die Zeit davon. Ich fühlte mich schwach. Unnatürlich schwach. Etwas zog mit aller Kraft an mir und drohte, mich mit sich in die Tiefe zu reißen. Und so wie es momentan aussah, gab es nichts, womit ich dieses Etwas aufhalten konnte.

1

Ein seltsam stechender Schmerz in den Augen riss mich aus dem Schlaf. Mir entfuhr ein entsetztes Keuchen. Das Stechen wurde stärker und steigerte sich, bis ich vor Qual beinahe aufgeschrien hätte. Doch gerade als ich dachte, es nicht mehr länger aushalten zu können, war es mit einem Schlag vorbei. Leicht zittrig stand ich auf und bahnte mir vorsichtig einen Weg durch mein dunkles Zimmer. Bevor es mir jedoch gelang, das Bad zu erreichen, knallte ich mit dem Fuß gegen die Holzkiste voll alter Fotos, die ich mir am Abend zuvor angeschaut hatte. Fluchend hüpfte ich auf einem Bein weiter. Im Badezimmer angekommen, lehnte ich mich an die Wand und betrachtete eine Weile den Lichtschalter, der sich im Mondschein, der spärlich durch das Dachfenster hereinfiel, abzeichnete. Jetzt, da ich vor dem Schalter stand, war ich mir plötzlich nicht mehr so sicher, dass ich wirklich wissen wollte, was los war.

Denn seit einer Woche – genauer seit Montag, dem

vierundzwanzigsten Januar, meinem siebzehnten Geburtstag, war in meinem sonst so monoton verlaufenden Leben nach meinem Geschmack schon genug aus den Fugen geraten. Am Mittwoch hatte ich in einem rauschähnlichen Zustand den kompletten Inhalt meines Schranks in die Altkleidersammlung verbannt, weil ich plötzlich der Meinung war, dass alles – vom bordeauxroten Rock über die giftgrüne Daunenjacke bis hin zu den Plateaulederstiefeln – zu schrill, zu auffällig und noch dazu schrecklich unpraktisch war. Stattdessen trug ich jetzt Schwarz: schwarze Jeans, schwarzes Shirt und schwarze Chucks. Alles viel praktischer und, was das Wichtigste war, vor allem unauffällig. Warum es mir auf einmal wichtig war, unauffällig durch die Gegend zu laufen? Keine Ahnung. Fragt mich was Leichteres.

Juna, meine Tante und Ersatzmutter, hatte dieses radikale Ausmisten mit Skepsis und gerunzelter Stirn verfolgt. Jan, mein Onkel und Ersatzvater, ebenso. Sie machten sich Sorgen um mich, denn im Gegensatz zu den meisten Leuten hier war ich den beiden nicht gleichgültig, war es nie gewesen seit den vier Jahren, die ich jetzt bei ihnen lebte, und würde es vermutlich auch nie sein. Meine Eltern sind tot. Mein Vater starb, als ich zwei Jahre alt war. Meine Mutter nahm sich fünf Tage nach meinem dreizehnten Geburtstag das Leben. Wenn es nach Juna gegangen wäre, hätte ich den an mich adressierten Abschiedsbrief meiner Mutter Lena nie zu Gesicht bekommen. Es war Jan, der ihn mir schließlich gab. Und nachdem ich ihn gelesen hatte, konnte ich Juna verstehen. Sie hatte mir den Schmerz ersparen wollen, den die letzten Worte meiner Mutter in mir unweigerlich auslösen mussten. Mit jeder Zeile, die ich gelesen hatte, war mir bewusster geworden, dass ihr Tod eine Verzweiflungstat gewesen war und dass ich auf merkwürdige Weise damit in Verbindung stand. So wie es aussah, spielte auch mein Vater Deron dabei keine unwichtige Rolle. Warum hätten sich Lenas letzte Worte sonst wohl ausschließlich auf uns beziehen sollen?

Was war es mir mies gegangen. Tage, Wochen, Monate hatte ich mich schuldig gefühlt, ohne wirklich zu wissen, warum oder wofür, doch mit der Zeit war es besser geworden. Ich hatte gelernt, klarzukommen. Mit allem. Irgendwie. Und trotzdem war da immer der Rest eines Schattens geblieben, so ein unbestimmtes Gefühl, etwas gutmachen zu müssen, und das hatte ich dann auch getan. Ich hatte es getan, indem ich Lena durch mich weiterleben ließ: Ich trug ihre Kleidung. Makaber vielleicht, aber auf seltsame Weise tröstend. Bis jetzt. Was genau hatte sich verändert? Im Grunde nichts und doch alles, denn es war auf einmal kein Trost mehr. Ganz im Gegenteil. Ich fühlte mich schrecklich, war nervös und aufgewühlt, rastlos und angespannt. Das alles ist, obgleich immer noch vorhanden, doch zumindest besser geworden, seitdem ich trage, was ich trage. Seitdem ich das Gefühl habe, mehr ich selbst zu sein.

Abgesehen von diesem ungewohnt neuen Stil gab es da noch etwas. Am Freitag hatte ich innerhalb eines einzigen Tages die unermüdliche Arbeit von zwei Jahren zunichte gemacht. Unermüdliche Arbeit? Ich definiere: Mein nicht enden wollender Kampf, Anschluss zu finden. Anschluss woran? An meine Mitschüler. Seitdem ich vor zwei Jahren vom Luisengymnasium (kein Bio-LK!) aufs Arndt-Schmitt gewechselt war, hatte ich den Fuß nicht mehr richtig in die Tür gekriegt. Hier durfte man nicht sein, wer beziehungsweise wie man war. Hier musste man sein, wer man sein sollte, wer man zu sein hatte. Und wer man zu sein hatte, das bestimmten die anderen. Genauer: die tonangebenden Schüler der Kollegstufe, die Führertypen, die Coolen, die Angesagten. Kurz: die High Society, die im Arndt-Schmitt ganz besonders high war. Vielleicht zu high für mich. Auf jeden Fall hatte ich mit der Zeit gelernt, mich zu verstellen, und so war ganz allmählich ein Hauch von Silber auf meiner Beliebtheitsskala erschienen. Bis letzten Freitag eben. Da war alles schlagartig schwarz geworden. Ich kann euch nicht sagen, was genau mich geritten hat. Es ist einfach so über mich gekommen, ich bin irgendwie ausgetickt. Ein Filmriss. Ich konnte einfach nicht mehr. Von jetzt auf gleich dachte ich, an meiner Fassade ersticken zu müssen. Also hatte ich den Putz und Mörtel ausgespuckt, das Drehbuch hingeschmissen und frische Luft in meine Lungen gesaugt. Was soll ich sagen: kam nicht gut an. Ich war sofort untendurch: der Snob, die Außenseiterin, der Sonderling. Doch was das absolut Unglaublichste daran war (unglaublich für mich): Es war mir egal. Aber so was von. Wer hätte das gedacht? Ich ganz bestimmt nicht.

Da stand ich jetzt also. Da stand ich jetzt also mitten in der Nacht mit pochendem Herzen in meinem Badezimmer – den Leuchtziffern der Uhr zufolge seit geschlagenen fünfzehn Minuten –, und traute mich nicht, das Licht anzuschalten. Ehrlich gesagt spielte ich mit dem Gedanken, einfach zurück ins Bett zu gehen, einfach nicht nachschauen zu wollen, einfach nicht wissen zu wollen, was jetzt wieder los war. Doch bevor diese Überlegung beginnen konnte, sich in meinem Kopf festzusetzen, scheuchte ich sie auch schon energisch davon. Das war doch albern. Schluss damit. Entschlossen trat ich also einen Schritt nach vorne und drückte den weißen Lichtschalter nach unten, worauf sich mit einem leisen Klick die Deckenbeleuchtung anschaltete. Nach ein paar Schritten stand ich direkt vor dem großen Spiegelschrank über dem Waschbecken. Nach kurzem Zögern beugte ich mich leicht vor und starrte mir selbst entgegen. Auf den ersten Blick schien alles wie immer zu sein. Das war ich: Sira Winter, schmale Nase, blondes schulterlanges Haar, dichte Wimpern, blasse Haut. Doch als die Energiesparlampe über mir aufflackerte und es richtig hell wurde, fuhr ich erschrocken zusammen. Was mir im schummrigen Licht nicht weiter aufgefallen war, traf mich jetzt umso unvorbereiteter. Anstelle meiner sonst verwaschen schimmernden hellblauen Augen blickten mir aus dem Spiegel zwei dunkelbraun glänzende entgegen, die so dunkel waren, dass sie fast schwarz wirkten.

Was zum Teufel sollte das? Schön und gut, in der letzten Woche hatte sich einiges getan. Aber bisher hatte es sich immer um Dinge gehandelt, die zwar merkwürdig, unerwartet, für mich unerklärbar, doch zumindest nicht biologisch unmöglich gewesen waren. Und jetzt das. Einen kurzen Moment betrachtete ich noch entgeistert mein Spiegelbild, dann kam mir eine Idee. Ich wirbelte herum, eilte auf die Kiste mit Fotos zu, an der ich mich vorhin so schmerzhaft gestoßen hatte, kramte fahrig darin herum und zog zwei Fotos daraus hervor. Das erste zeigte meine Mutter. Mein Blick ging sofort zu ihren Augen: verwaschen hellblau. Genau wie meine. Bis eben noch zumindest. Von dem zweiten Foto winkte mir mein Vater strahlend entgegen. Natürlich, ich hatte es erwartet, hatte es fast sicher gewusst und erschrak trotzdem, als ich in seine Augen sah: dunkelbraun, fast schwarz. Genau wie meine jetzt. Fassungslos ließ ich mich auf den Boden gleiten. Die Fotos rutschten mir aus der Hand und schlitterten bis zur gegenüberliegenden Wand. Wie? Warum? Doch je angestrengter ich nachdachte, desto weniger verstand ich es. Das war einfach nicht möglich. Das gab es nicht. Das ging nicht. Punkt. Mit einem Seufzer rappelte ich mich hoch, hob die Fotos auf und warf sie zurück in die Kiste. Ich wusste, in dieser Nacht würde ich keine Antworten mehr finden. Also beschloss ich, einfach zurück ins Bett zu gehen, mir die Decke über den Kopf zu ziehen und zu versuchen, zu vergessen. Auszuruhen. Es gelang mir nicht. Zu viele Gedanken irrten durch meinen Kopf, zu viele Ungereimtheiten stießen gegen sie. Es war zu viel. Zu viel von allem. Doch irgendwann wurde es still. Ich schlief ein. Endlich.

2

Mein Wecker klingelte viel zu früh. Wahnsinnig müde dachte ich ernsthaft darüber nach, einfach liegen zu bleiben und krankzumachen; doch im Grunde war es immer noch besser, in der Schule zu sitzen und zumindest ansatzweise abgelenkt zu werden, als hier liegen zu bleiben und mich verrückt zu machen. Also stand ich auf, ging ins Bad, zog mein Schlafshirt aus und warf es mit einer achtlosen Geste auf den Boden. Meine ganze Aufmerksamkeit galt dem Spiegel. Im Tageslicht wirkten meine Augen noch dunkler. Ich würde eine Sonnenbrille aufsetzen müssen, um Jan und Juna beim Frühstück nicht auf den Plan zu rufen – das hätte mir jetzt gerade noch gefehlt. Ich drehte mich um und stieg in die Dusche. Das Wasser war eiskalt. Juna natürlich. Wie schon so oft hatte sie das warme Wasser zur Gänze verbraucht. Doch heute ärgerte mich das nicht. Ausnahmsweise, denn so war mein Bewusstsein mit nur einem einzigen Wort vollständig ausgefüllt: kalt! Kalt,

kalt, kalt, kalt. Sonst war für nichts Platz, und das kam mir gerade recht.

Als ich mich abtrocknete, war mein Körper ein lebensgroßer Kühl-Akku, seltsamerweise jedoch fror ich nicht, war nur angenehm erfrischt. Neuer Stoff für mein Konto der Ungereimtheiten. Hörte das denn nie auf? Es galt, sich an den Dingen festzuhalten, die greifbar waren. Zumindest für den Augenblick. Um nicht vollkommen die Kontrolle zu verlieren. Also hielt ich mich fest: an meiner Jeans, in die ich schnell hineinschlüpfte. An dem Shirt, das ich mir über den Kopf zog. An der Ray Ban, die ich mir auf die Nase rammte, und an den Schulbüchern, die ich in meinen Rucksack stopfte. Da fiel mir ein: Ich hatte vergessen, mich vorzubereiten. Auch egal. Nur raus hier. Treppe nach unten. Tasche in den Flur. Sira ins Wohnzimmer, in dem Jan sich an der Kaffeemaschine zu schaffen machte und Juna irgendein Obst in seine Einzelteile zerlegte. Beide warfen mir überraschte Blicke zu, als ich mich an den Tisch setzte und mir die Müslipackung angelte.

»Was machst du denn schon hier? Hab ich was verpasst?« Jan ließ sich auf den Stuhl mir gegenüber fallen, stützte den Kopf auf die Hände und musterte mich interessiert. »Und was soll das mit der Sonnenbrille? Bist du zwischen die Fronten geraten?« Ich warf einen schnellen Blick auf die Uhr: tatsächlich. Ich war fast dreißig Minuten früher dran als sonst. Die Zeit, die ich gewöhnlich brauchte, um Klamotten auszuwählen und mein Styling zu perfektionieren, machte sich durch ihre Abwesenheit bemerkbar.

Schulterzuckend schob ich mir einen Löffel Müsli in den Mund. Auf diese Weise verschaffte ich mir Zeit für die Antwort und wie sich herausstellte, war das gut so, denn meine Tante setzte sich zu uns und legte sofort los: »Wie war's im Kino?« Oh, das hätte ich fast vergessen. Vergessen und mich so um die wunderbare Möglichkeit einer guten Ausrede gebracht. »Der Film war totaler Blödsinn. Ständig ist irgendwas in die Luft geflogen, alle nasenlang jemand tot umgefallen, und ich hab nie auf die Reihe gekriegt, wer jetzt zu den Guten gehört und wer nicht. Dieses 3-D ist absolut nicht mein Fall. Hat mich die ganze Nacht gekostet.« Ich zeigte mit einer erklärenden Geste auf die Ray Ban und schob mir die nächste Fuhre Flakes in den Mund.

Juna hatte Jan gestern auf eine Vernissage geschleppt, was mich dazu veranlasst hatte, die gutgemeinte Lüge in die Welt zu setzen, mit ein paar Leuten aus der Schule ins Roxy zu gehen. Das Roxy: ein winziges Kino auf der anderen Seite des Schwarzer Sees, von hier aus ziemlich unkompliziert zu erreichen. Gutgemeinte Lüge deshalb, weil Juna so viel daran lag, dass ich mich bei ihnen wohl fühlte, dass es mir gut ging, dass ich Anschluss fand. Dass Ersteres nicht unbedingt mit Nummer zwei und drei zusammenhängen musste, konnte oder wollte sie nicht verstehen, und so verknüpfte ich alle drei Faktoren beizeiten miteinander, was mir Ruhe und ihr ein Gefühl der Zufriedenheit verschaffte. Also: Lüge hin oder her – für mich war das eine klare Win-Win-Situation. Juna bedachte mich mit einem mitfühlenden Blick. »Schade, dass der Film nichts war. Aber tröste dich, bei uns lief's auch nicht besser. Ich muss am Büfett irgendwas Falsches gegessen haben. Jedenfalls ist mir furchtbar schlecht geworden. Wir sind gegangen, bevor wir auch nur ein Bild zu Gesicht bekommen hatten. Jammerschade.« Sie verzog bedauernd das Gesicht.

»Geht's denn jetzt wieder?«

Ein fröhliches Lachen. »Ja, jetzt geht's wieder. Genau genommen geht's schon seit gestern Nacht wieder. Jan hat mich auf dem gesamten Heimweg so abgelenkt, dass ich schon, als wir in der Einfahrt standen, schlicht vergessen hatte, dass mir schlecht war.«

Jan grinste eine Spur verlegen, was mir wieder mal bewusst machte, wie jung die beiden noch waren. Ziemlich jung. Genauso jung, wie meine Eltern jetzt wären, wenn sie noch leben würden.

Warum? Warum nur war alles kaputtgegangen? Ich kaute weniger auf meinen Cornflakes, als dass ich sie zermalmte, und Juna, der das keineswegs entging, versuchte schnell gegenzusteuern. So lief das meistens. Wir umschifften das Thema Deron und Lena wie die Titanic die Eisberge und krachten doch immer wieder darauf, wenn wir es nicht, wie jetzt, noch knapp außen rum schafften. Bis ich aufbrach, redeten wir über dieses und jenes. Von den Nachrichten bis zum Wetter war alles dabei gewesen.

Ich zog mir Jacke, Schal, Mütze und Handschuhe über, schlüpfte in meine Chucks und machte mich auf den Weg. Obwohl das Thermometer neben der Haustür fünfzehn Grad minus anzeigte, beschloss ich, zu Fuß zu gehen. Ich hatte noch massig Zeit und fror keine Spur. Vielleicht hätte mich das stutzig machen sollen, aber seltsamerweise tat es das nicht. Ich stapfte einfach los, starrte auf den schneebedeckten Boden und versuchte, beim Gehen meinen Kopf frei zu kriegen, bis ich aufgab. Es hatte keinen Sinn. Dieses Chaos ließ sich nicht ordnen, weil ich die Sachen nicht entwirren konnte. Ich verstand es einfach nicht. Nichts davon. Gar nichts. Nebenbei bemerkt: Ich musste einen ganz schönen Sprint hingelegt haben, denn als ich aufschaute und meinen

Blick über die Bäume schweifen ließ, wurde mir klar, dass ich bereits an der Waldgrenze stand. Von hier aus waren es nur noch knapp zwanzig Minuten bis zur Schule. Irgendetwas jedoch stimmte nicht.

Die Bäume sahen anders aus als sonst, irgendwie fremd. Hatte ich eine falsche Abzweigung genommen? Wohl kaum, denn da drüben stand der Wegweiser. Aber auch an dem Holzschild irritierte mich etwas. Nur was? Ich brauchte ein paar Sekunden, bis ich draufkam: Die Schrift war zu deutlich. Von hier aus dürfte gerade mal ein Schemen dieses Schildes zu sehen sein – ganz zu schweigen von den Buchstaben. Und das war es auch, wie mir jetzt schlagartig bewusst wurde, was mich an den Bäumen so irritierte. Jede einzelne Nadel zeichnete sich gestochen scharf vor meinen Augen ab. Obwohl ich selbst nicht glaubte, dass es einen Unterschied machen würde, nahm ich die Sonnenbrille ab und schaute mich erneut um. Wie erwartet hatte es nicht den erwünschten Effekt. Die Bäume, das Schild, alles war genauso scharf wie vorher. Ich empfand es als unangenehm, als störend, ja fast schon als beängstigend. Trotz allem setzte ich meinen Weg fort. Dachte nach. Versuchte, ruhig zu bleiben. Es gab nur eine plausible Erklärung: Letzte Nacht hatte sich mehr verändert, als ich für möglich gehalten hätte. Nicht nur meine Augenfarbe, mein ganzes Wahrnehmungsvermögen war anders. Aber warum machte sich das erst jetzt bemerkbar? Warum nicht schon im Haus? Verdammt! Das war so unlogisch. Zur Abwechslung mal, dachte ich sarkastisch, während Wut in mir zu brodeln begann und langsam hochkochte.

»Bleib ruhig. Bleib ruhig.«

Mit jedem stampfenden Schritt wiederholte ich das wie ein Mantra.

»Bleib ruhig.«

Was blieb mir auch anderes übrig? Eben.

Wild entschlossen, meine Umgebung keines Blickes mehr zu würdigen, stierte ich stur auf den Boden und schaute erst wieder auf, als ich direkt vor dem Schulgebäude stand. Groß und dunkel ragte es vor mir auf. Wenn ich geglaubt hatte, bereits am Tiefpunkt meiner Stimmung angelangt zu sein, so hatte ich mich geirrt und das gewaltig.

Von dem grässlichen grauen Kobel über die Lehrer bis zu den Schülern hasste ich alles an diesem Ort. Die Sonnenbrille, die ich aus der Innenseite meiner Jacke fischte und mir wieder auf die Nase schob, änderte daran auch nichts. So sicher sie mich auch vor Sonnenstrahlen zu schützen vermochte, gegen die Feindseligkeit, die hier strahlte, war sie machtlos. Wie schon so oft überflutete mich, als ich langsam auf die Schule zusteuerte, die mir nur allzu vertraute Woge der Einsamkeit. Hier waren so viele Menschen, doch ich fühlte mich allein. Allein unter Hunderten, verloren in der Masse, war ich nichts als ein schwarzer Punkt. Nichts als ein schwarzer Punkt, der sich in der Finsternis verlor.

3

Die ersten drei Schulstunden zogen sich wie Kaugummi: Geschichte, Englisch, Mathe. Den unerwarteten Englischtest gab ich vollkommen leer wieder ab. Nicht dass die Fragen so schwer gewesen wären. Daran lag es nicht. Ich konnte mich schlicht und ergreifend nicht konzentrieren. Viel zu dringend suchte ich Antworten auf andere Fragen, die sich mir immer wieder ins Bewusstsein drängten und alles Übrige praktisch auslöschten.

In der Pause hatte ich ein dermaßen dringendes Bedürfnis nach Ruhe, dass ich mich kurzentschlossen in der Mädchentoilette im Sporttrakt einschloss. Ich setzte mich auf den zugeklappten Klodeckel, zog die Beine an und lehnte den Kopf an die kalte Mauer. Wie konnte man sich zur gleichen Zeit bloß so leer und übervoll fühlen? Meine normal denkende Hirnhälfte war ein Highway mitten durchs Nirwana, während die, die für unlösbare Aufgaben zuständig war, einer viel befahrenen Autobahn glich. Am liebsten hätte ich mich irgendwo auf den Boden gelegt und so lange geschlafen, bis alles wieder normal war. Zumindest so normal wie es eben sein konnte. So anormal normal wie es vorher gewesen war.

Das Klingeln kam viel zu schnell. Schon hörte ich eine Menge stampfender Füße den Gang zu den Umkleidekabinen entlangtrampeln. Ich blieb sitzen. Zögerte das Aufstehen so lange hinaus, bis auch das letzte Geräusch verklungen war und die Mehrzahl meiner Mitschüler sich in der Halle befinden musste. Erst dann erhob ich mich, entriegelte die Tür und verließ meinen Zufluchtsort.

Als ich in der Umkleide damit beschäftigt war, mich aus Jacke und Schuhen zu schälen, kam Clarissa die Treppe hochgerannt und hielt mich auf. Ihr Blick war schwer zu definieren. Nur eins kann ich euch mit absoluter Sicherheit sagen: Freundlich war er nicht. Eher arrogant. Schnippisch vielleicht. Abschätzend. Beurteilend. Wahrscheinlich eine Mischung aus all dem und noch einigem mehr. »Lass die Sachen an. Wir gehen rüber zum See. Schlittschuhlaufen.« Sie strich sich eine ihrer langen roten Strähnen hinters Ohr, bevor sie fortfuhr.

»Ich soll dir ausrichten, dass du dir von unten ein paar Schlittschuhe holen sollst. Treffpunkt ist vor der Halle.« Ohne ein weiteres Wort zu verlieren rauschte sie an mir vorbei und ließ mich stehen. Blieb mir denn heute nichts erspart? Schlittschuhlaufen? Ich? Wobei – ob ich mich nun hier drinnen mit einem Ball zum Affen machte oder draußen auf dem Eis war eigentlich auch schon egal.

Als ich durch die Flügeltüren der Sporthalle trat, war ich die Letzte, und wir machten uns sofort auf den Weg. Ich lief allein hinter den anderen her, die laut schnatternd und lachend vorantrabten. Dieses Außenseiterdasein hatte mich bisher immer traurig gemacht. Jetzt kam es mir gerade recht. Ich wollte allein sein, mit niemandem reden müssen. Das Einzige, was ich wollte, war so viel Ruhe wie möglich. Doch gerade als ich dabei war, mich noch ein Stück zurückfallen zu lassen, wurde meine Ruhe jäh zerstört. Herr Klart, unser Sportlehrer, war neben mich getreten. »Verflucht, ist das kalt heute«, stieß er lachend hervor. Wie zur Bestätigung stieg jedes seiner Worte in kleinen Dampfwolken gen Himmel. »Perfekte Bedingungen fürs Schlittschuhlaufen.«

Ich ging nicht davon aus, dass ich darauf antworten musste; und so ließ ich es einfach. Schweigend gingen wir eine Weile nebeneinander, bis er erneut das Wort ergriff. »Alles klar bei dir, Sira?«

Ich nickte und schickte ein knappes »Ja« hinterher, was ihn jedoch nicht zu überzeugen schien.

»Du weißt, dass du jederzeit mit mir reden kannst, wenn du Probleme hast. Ich bin schließlich nicht nur Sportlehrer.«

Nein, das war er nicht. Seit letztem Jahr war er hochoffiziell Vertrauenslehrer des Gymnasiums und noch dazu wahrscheinlich ein guter. Trotzdem. Was hätte ich denn sagen sollen: Ich dreh gerade durch, weil sich mein ganzes Leben verändert? Inklusive Augenfarbe und Sehvermögen? Wohl kaum. Er hätte mich für verrückt erklärt und das zu Recht. Verrückt. Das brachte es auf den Punkt. Genau das war es. Alles. Also tat ich das Einzige, was ich tun konnte: Ich bedankte mich – und gut.

In der Zwischenzeit hatten wir das Seeufer erreicht. Obwohl ich jetzt schon seit vier Jahren bei Juna und Jan lebte, war ich noch nie hier gewesen. Wozu auch? Schlittschuhlaufen war nichts, das ich freiwillig tat. Zum Schwimmen war das Wasser selbst im Sommer zu kalt, und spazieren ging ich lieber im Wald. Trotzdem konnte ich nicht umhin, die Umgebung hier schön zu finden. Der See lag groß und vollkommen zugefroren vor uns. Die Eisfläche glitzerte kristallen im Licht, und leichter Schneefall hatte eingesetzt. Die Flocken wirbelten nur so durch die Luft und verfingen sich in den Ästen der Tannen, die den See wie eine mächtige Mauer umgaben. Ich schloss die Augen, um diese besondere Stimmung in mich aufzunehmen. Doch als ich sie wieder aufmachte, war ich sprichwörtlich geblendet. Wenn ich das gerade schon ziemlich schön gefunden hatte, war das doch nichts im Vergleich zu dem Anblick, der sich mir jetzt bot. In diesem kurzen Moment des Innehaltens hatte sich etwas verändert. So eine Art Knick in der Optik – nur einer der positiven Art. Die Kanten der Dinge waren jetzt nicht mehr so scharf, dass ich mich daran zu schneiden drohte. Ich hatte nicht länger den Eindruck, als hätte jemand mit einem Scharfzeichner Schabernack getrieben. Nein, es war einfach nur schön. Überwältigend schön. Ich sah jeden Kristall in unbeschreiblicher Perfektion, sah jede Schneeflocke als Kunstwerk für sich und jede einzelne, vom Eis ummantelte Tannennadel als ihr Pinselstrich. Ich war den Dingen so unglaublich nah, dass ich mich selbst wie ein Teil der Natur fühlte.

Mit den Worten, die Herr Klart an die Klasse richtete, wurde die Magie dieses Moments jäh zerstört. »Mir ist bewusst, dass eure Kenntnisse weit auseinandergehen. Ein paar von den Jungs spielen, soweit ich weiß, ziemlich gut Eishockey. Und ein paar Mädels dürften den anderen durchs Eiskunstlaufen weit voraus sein. Für die erste Stunde reicht es mir daher völlig, euch auf den Kufen zu beobachten. Fahrt einfach so gut ihr könnt, dann kann ich einschätzen, wie wir trotz allem einen gemeinsamen Nenner finden. Also dann – los geht's!« Los geht's? Von wegen. Als die anderen schon dabei waren, ihre Schlittschuhe anzuschnallen, stand ich immer noch völlig reglos und wusste schlicht und ergreifend nicht, was ich tun sollte. Ich war noch nie auf dem Eis gestanden und konnte nicht Schlittschuh fahren. Es war mir ein Rätsel, wie ich mich bewegen sollte, ohne mir nicht mindestens einen Fuß, wenn nicht sogar den Hals zu brechen.

»Was ist los, Sira?« Herr Klart trat auf mich zu und schaute mich fragend an. »Die anderen sind schon fast fertig. Du beeilst dich besser ein bisschen.«

O Mann. »Ich kann das nicht«, sagte ich widerwillig. »Kein bisschen, meine ich«, fügte ich vorsichtshalber noch hinzu. Er wirkte mehr als überrascht. Wahrscheinlich war ich der erste Mensch, von dem er hörte, der in meinem Alter noch nie Schlittschuh gelaufen war.

»Oh. Na ja. Damit hatte ich nicht gerechnet. Aber das macht nichts. Ich schlage vor, du probierst es einfach mal. Orientier dich an den Bewegungen deiner Mitschüler. Wenn du merkst, dass es gar nicht geht, dann hör einfach auf und setz dich an den Rand. Aber ich möchte, dass du es wenigstens versuchst.« Mit diesen Worten ließ er mich mitsamt Schlittschuhen einfach stehen.

Sehr einfühlsam. Missmutig setzte ich mich in den Schnee und zog mir meine Chucks von den Füßen. Als ich fünf Minuten später ziemlich wackelig auf die Eisfläche stakste, machte ich mich auf das Schlimmste gefasst.

Doch wie sich herausstellte, war Schlittschuhlaufen nicht so übel, wie ich gedacht hatte. Zu meiner Überraschung kam es hier weniger auf die Technik als auf einen ausgeprägten Gleichgewichtssinn an. Meine Bewegungen waren zwar noch lang nicht so fließend wie die der anderen, aber ich schaffte es, mich auf den Beinen zu halten und langsam dahinzugleiten. Nach ungefähr der Hälfte der Stunde kam ich mir nicht mehr vor wie der letzte Idiot. Ich fand, das war ein gewaltiger Fortschritt. Doch als sich mir wie aus dem Nichts etwas von hinten in den Rücken rammte, löste sich meine Zuversicht schlagartig auf. Mir riss es die Beine schier unterm Körper weg, und ich krachte mit einem sehr schmerzhaften Rumms der Länge nach aufs Eis. Obwohl die Kufen mit den gebogenen Spitzen darüberschrammten, schlitterte ich auf dem Bauch noch ein gutes Stück weiter, bis ich endlich an einer Stelle in der Mitte des Sees zum Liegen kam. Mir tat alles weh. Als ich den Kopf hob und mich mühsam zur Seite drehte, merkte ich, dass ich blutete. Meine Jeans waren an den Knien aufgerissen. Ein dunkelrotes Rinnsal tropfte in einem beharrlichen Strom auf die Eisfläche. Vorsichtig begann ich, meine Arme zu bewegen, und versuchte, die Beine anzuwinkeln. Es tat höllisch weh, aber ich war mir fast sicher, dass nichts gebrochen war. Inzwischen hatte sich unter mir eine rote Pfütze gebildet. Einem plötzlichen Impuls folgend beugte ich mich leicht vornüber und blickte in mein vom Blut gespiegeltes Gesicht. Plötzlich drang ein lautes Zischen an meine Ohren, das mich erschrocken zusammenfahren ließ. Was zum Teufel passierte hier? Mein Blut auf dem Eis war nicht länger rot. Es verlor in rasender Geschwindigkeit an Farbe, wurde blasser und blasser, bis es schließlich einen matt schimmernden Silberton angenommen hatte.

Wieder ein Zischen, und erneut zuckte ich zusammen – diesmal vor Schmerz. Meine Kniescheiben fühlten sich an, als würde sie Säure verätzen. Doch dem war nicht so. Ganz im Gegenteil. Auf den Schürfwunden hatte sich die gleiche silbrige Flüssigkeit gebildet, die ganz offensichtlich nichts anderes tat, als meine Wunden in rasendem Tempo zu schließen. Perplex starrte ich auf die silbrige Fläche, die, einem Spiegel gleich, genau da die Eisfläche bedeckte, wo vor wenigen Sekunden noch mein Blut versickert war, und blickte direkt in das Gesicht eines Fremden. Während ein Teil von mir panisch reagierte, fesselte mich ein anderer an diese Spiegelung, die sich so beängstigend deutlich vor mir abzeichnete, als handelte es sich um eine Fotografie: Der Typ war unverkennbar ein wenig älter als ich, doch seine Augen strahlten in demselben braunschwarzen Ton wie die meinen. Sein Gesicht war markant, ja geradezu eckig, und ausdrucksstark. Ein paar seiner pechschwarzen Locken hingen ihm störrisch in die hohe Stirn, während die anderen von hinten zusammengehalten wurden und so den Blick auf unnatürlich spitz zulaufende Ohren preisgaben. Die Nase des Fremden war schmal und gerade und bildete so den perfekten Kontrast zu breiten, kräftigen Wangenknochen. Die vollen Lippen waren ein wenig blasser als der Rest der Haut, obgleich auch die schon von unnatürlicher Blässe zeugte. Um es kurz zu machen: Alles an diesem Fremden faszinierte mich. Ich war gefangen. Gefangen von seinem Blick. Gefangen in einem mir unerklärlichen Gefühl von Geborgenheit, Zuneigung und – ja – Vollständigkeit. Ich fühlte mich zum ersten Mal seit langem einfach nur wohl. Wie in Trance streckte ich die Hand aus, doch als meine Fingerspitzen die silbrige Flüssigkeit streiften und sanfte Wellen auf ihrer Oberfläche erzeugten, verblasste sein Gesicht, bis es schließlich nicht mehr zu sehen war. Was blieb, war Kälte und eine seltsame Leere, die meinen ganzen Körper ausfüllte. Als die Flüssigkeit erneut Wellen schlug, ergriff mich die verzweifelte Hoffnung, dass der Unbekannte zurückkommen würde, doch es waren nur meine eigenen Tränen, die in das Silber tropften. Als sich die Wogen schließlich glätteten, war nichts weiter mehr zu sehen, als eine einfache Wasserpfütze.

Es war so kalt, dass die Tränen auf meinen Wangen gefroren. Ihr stechendes Brennen hatte etwas Ernüchterndes. Ich konnte nicht ewig auf dem Eis liegen bleiben. Also begann ich, mich umständlich und vorsichtig aufzurappeln. Ich hatte es gerade geschafft, mich hinzuknien, als Herr Klart an meiner rechten Seite auftauchte. Als er sich zu mir herunterbeugte, konnte ich sehen, dass er rote Stressflecken im Gesicht hatte. »Sira«, keuchte er. »Alles in Ordnung?« Als würde er sich über seine eigenen Worte ärgern, schüttelte er, kaum dass sie heraus waren, heftig den Kopf. »So ein Mist. Was frag ich eigentlich? Natürlich ist nicht alles in Ordnung. Das war ein heftiger Sturz. Bestimmt ist was gebrochen.«

Nun war ich diejenige, die den Kopf schüttelte. »Schon okay. Ich bin mir sicher, dass noch alles ganz ist.« Meine Stimme klang fremd. Sie war tonlos. Ihr fehlte jede Melodie. »Mir tut zwar alles weh, aber gebrochen ist nichts.« Herr Klart musterte mich skeptisch und streckte mir die Hand entgegen. »Sicher?«

Ich nickte und ließ mich von ihm hochziehen. Sobald ich stand, fiel sein Blick auf die faustgroßen Löcher in meiner klatschnassen Hose, durch die kurz zuvor noch meine blutenden Knie zu sehen gewesen waren. Leicht irritiert starrte er einige Sekunden auf die zerschlissenen Stellen. »Du blutest nicht, oder?«

Ich verneinte.

»Nicht zu fassen. Deine Jeans sieht aus, als hättest du dir die Knie weggerissen. Aber was soll's. Du hast unverschämtes Glück gehabt, weißt du das?«

Nein, mit Glück hatte das ganz sicher nichts zu tun, doch es war sinnlos, das erklären zu wollen. Mal abgesehen davon, dass es doch ziemlich verrückt geklungen hätte. Wieder einmal. Als wir zusammen zurück zum

Ufer schlitterten, hatte ich das Gefühl, von einem Traktor überfahren worden zu sein. Jeder Knochen tat mir weh. Ein paar heftige Prellungen waren es dann wohl doch. Ich war mehr als froh, als ich mir die Schlittschuhe endlich von den Füßen ziehen und in meine zwar etwas klammen, doch um einiges bequemeren Chucks schlüpfen konnte. Endlich wieder sicheren Boden unter den Füßen.

Ich blieb allein zurück, während Herr Klart mit den anderen sprach. Nur am Rande nahm ich wahr, wie er wild gestikulierend vor meinen Mitschülern auf und ab hüpfte und ziemlich laut schimpfte. Erneut rannen mir Tränen übers Gesicht. Ich fühlte mich leer. So unglaublich leer. Als sich mir eine Hand auf die Schulter legte, schaute ich verwirrt auf. Es war Herr Schramm, der Sportlehrer der Jungen.

»Hey, Sira. Ich fahr dich jetzt nach Hause. Erwin muss die anderen zur Schule zurückbringen. Deswegen hat er mich angerufen.«

Dankbar stand ich auf, schulterte meinen Rucksack und ging langsam zu dem auf mich wartenden Geländewagen hinüber.

Während ich auf dem Beifahrersitz Platz nahm, wechselte Herr Schramm noch ein paar Worte mit Herrn Klart und setzte sich dann hinters Steuer. Eine

Zeitlang sagte keiner von uns ein Wort. Doch nach einer Weile fing er an zu reden.

»Ich weiß nicht, ob du es überhaupt mitbekommen hast, aber es war Dennis. Er hat dir einen Eisbrocken in den Rücken geworfen, der dich umgerissen hat. Er wird Ärger bekommen deswegen, verlass dich drauf.«

Im Grunde war es mir vollkommen gleichgültig, wer oder was mich wie und warum getroffen hatte und ob derjenige bestraft werden würde oder nicht. Ich machte mir keine Gedanken über den Sturz – eher über die Folgen, aber das sagte ich natürlich nicht.

»Du musst diese Woche nicht mehr zur Schule kommen«, fuhr Herr Schramm fort. »Ruh dich ein bisschen aus und erhol dich von allem. Wir regeln das beim Direktor für dich.«

Ein monotones »Danke« war alles, was ich zustande brachte. Als wir vor dem Haus anhielten, stieg Herr Schramm aus, um mir aus dem Auto zu helfen.

»Soll ich noch mit reinkommen und deiner Tante erklären, was passiert ist?«

»Nicht nötig. Die ist nicht da«, nuschelte ich. Das Reden und Stehen strengte mich langsam richtig an. »Danke für alles.« Herr Schramm nickte. »Bis dann, Sira. Und gute Besserung.«

Er drehte sich um, stieg in seinen Jeep und fuhr davon. Ich wartete, bis der Wagen um die nächste Kurve verschwunden war, bevor ich den Schlüssel aus meiner Tasche kramte, langsam auf die Tür zuging, aufschloss und im Innern des Hauses verschwand.

4

Völlig erschöpft zog ich meine Jacke aus und hängte sie zum Trocknen über die Heizung. Jetzt nur noch rauf in mein Zimmer. Das erwies sich nur schwieriger, als ich gedacht hatte. Jeder Schritt auf der steilen Treppe war ein Kraftakt für sich. Oben angekommen, stand mir kalter Schweiß auf der Stirn. Mir war schlecht. In meinem Zimmer ließ ich den Rucksack achtlos zu Boden gleiten, durchquerte den Raum und ging direkt ins Bad. Als ich in den Spiegel schaute, erschrak ich. Mein Gesicht war bleich und schweißnass, meine Augen glänzten schwärzer denn je. Ich ließ mich auf die Fliesen sinken und rollte mich auf dem Boden zu einer Kugel zusammen. Es war zu viel. Ich konnte nicht mehr. Der verzweifelte Wunsch zu begreifen, endlich zu verstehen, was hier vor sich ging, konkurrierte erbittert mit meiner Erschöpfung. Was schließlich siegte, war der Schlaf.

Ich war auf dem Weg zum See, den Kopf angenehm klar. Ich wusste genau, was ich wollte. Etwas zog mich dorthin. Ich wusste, ich würde Antworten auf meine Fragen finden und IHN wiedersehen. Alles in mir sehnte sich nach seinen dunklen Augen, dem intensiven Blick, der Wärme, die er in mir ausgelöst hatte. Ich sehnte mich nach allem, was ich gesehen, nach allem, was ich gespürt hatte, wollte es erneut sehen, erneut spüren, wollte bei ihm sein. Aber wie? Was konnte ich tun? Noch wusste ich es nicht. Alles, was ich wusste, war, dass ich zum See musste. Als die letzten Bäume sich vor mir lichteten und den Blick auf das gefrorene Wasser preisgaben, schüttelte es mich vor Ehrfurcht. Alles hier war vollkommen. Die Eiskristalle des Schnees glänzten im sanften Mondlicht, das sich, einem Goldschimmer gleich, sanft über dem See ausbreitete. Ich schritt am Ufer entlang, ging immer weiter, blieb nicht stehen. Irgendetwas war seltsam, ich kam nur nicht darauf, was es war, bis ich plötzlich abrupt stehen blieb. Da! Jetzt sah ich es! Von der Mitte des Sees ging ein kristallin silbernes Leuchten aus. Ein Leuchten, das sich über den Mondglanz legte und wie eine Nebelleuchte über die Eisfläche zu mir herüberstrahlte. War das nicht die Stelle, an der ich gestürzt war? Die Stelle, an der ich IHN gesehen hatte? Mein

Herz begann augenblicklich wie wild zu rasen. Ohne weiter darüber nachzudenken, betrat ich das von einer dünnen Graupelschicht überzogene Eis und bewegte mich vorsichtig und extrem langsam auf die Mitte des Sees zu. Mit jedem Schritt vorwärts legte sich meine Nervosität, wurde ich ruhiger. Als ich mein Ziel schließlich erreicht hatte, ging mein Puls rhythmisch und mein Atem strömte gleichmäßig in die kalte Winterluft. Ich drehte mich so, dass ich ganz und gar von dem geheimnisvollen Licht erfasst wurde, verharrte vollkommen reglos, stand einfach nur da, wartete. Worauf? Keine Ahnung. Doch ich war mir sicher, dass etwas geschehen würde. Da! Ein leises Wispern, ein Raunen, ein Flüstern. War das der Wind? Hochkonzentriert lauschte ich, fokussierte alle meine Sinne auf das Geräusch, bis es mir endlich gelang zu verstehen. »SSSSSirrraaaaa, SSSSirrraaaa.« *Ich hörte meinen Namen. Immer und immer wieder. Seltsam in die Länge gezogen zwar, doch es war eindeutig mein Name. Was, wenn ich antworten sollte? »Ich bin hier.« Einen Versuch war es wert. Stille. Ich hatte einen Fehler gemacht, hätte nichts sagen sollen. Doch dann …* »Aikom obnet nepa edef.« *Bitte was? Ich lauschte angestrengter, glaubte, mich verhört zu haben.* »Aikom obnet nepa edef.« *Also doch. Was be-*

deutete das? Ein ums andere Mal drangen die Worte an mein Ohr, und ich versuchte ihnen einen Sinn, eine Bedeutung zu entnehmen. Erfolglos. Vielleicht, wenn ich es laut aussprach? Doch bevor ich auch nur den Mund aufmachen konnte, veränderte sich alles. Das Licht verblasste, die Stimme verhallte, und ich stand in absoluter Dunkelheit, in vollkommener Stille. Die Welt begann sich zu drehen, drehte und drehte sich, bis der Wirbel sich schließlich legte und ich mich selbst auf dem gefliesten Badezimmerboden liegen sah. Es fühlte sich einfach nur falsch an. So falsch, dass sich meine Brust bei dem Anblick schmerzhaft zusammenzog.

Als ich aufwachte, war ich verwirrt und traurig. Eine seltsame Ahnung von Verlust begann sich in mir auszubreiten, ich schmeckte Enttäuschung und Sehnsucht. Trotzdem kam ich nicht umhin, mir einzugestehen, dass ich mich besser fühlte. Besser als vorher. Ausgeruhter, stärker und doch nicht wirklich gut. Zerrissen, auf merkwürdige Weise inkomplett. Mit einem Ächzen richtete ich mich auf, streckte die Arme nach dem Waschbecken aus und zog mich, das in mir aufkeimende Schwindelgefühl ignorierend, daran hoch. Aufs Neue galt mein erster Blick dem Spiegel. Wenn ich nicht schon so sicher damit gerechnet hätte, wäre es vermutlich ein Schock gewesen. So aber starrte ich nur einigermaßen fassungslos einer Sira entgegen, die ich so noch nie gesehen hatte: Sie war blass. Nicht kränklich, aber extrem blass, und ihre Haare: pechschwarz. Keine einzige blonde Strähne war mehr zu sehen. Gewachsen waren die Haare auch, so dass sie ihr jetzt weit über die Schulter hingen.

Der Anblick war so seltsam, dass ich mit der Hand langsam mein Gesicht abtastete, mir mit den Fingern ins Haar fasste und vom Scheitel bis zu den Spitzen hindurchfuhr. Komischerweise fühlte es sich gut an. Neu und ungewohnt zwar, doch nicht falsch. Ich hatte das Gefühl, mir so nah zu sein wie schon lange nicht mehr. Ganz langsam bewegte ich mein Gesicht noch näher an den Spiegel heran, den Blick unverwandt in die dunklen, fast schwarzen Augen bohrend. Ich musste Antworten finden. Antworten auf die Fragen, die sich mir stellten. Antworten auf das, was mit mir geschah. Antworten auf alles. Antworten auf alles, was ich nicht verstand. Und ich wusste auch, wo ich ansetzen musste. Bei meinem Traum – wenn es denn überhaupt ein Traum gewesen war.

5

Ich ging zurück in mein Zimmer. Die Dämmerung hatte bereits eingesetzt, und die Straßenlaternen warfen ihr gelbliches Licht auf den Gehweg vor dem Fenster. Junas Golf stand immer noch nicht wieder in der Einfahrt. Wahrscheinlich vergaß sie in ihrer Galerie gerade Raum und Zeit. Beneidenswert. Für Juna war alles unkompliziert. Sie hatte auf praktisch alles eine Antwort und war fast immer gut drauf. Doch das für mich Faszinierendste war, dass sie ein Zuhause hatte. Ein Zuhause, das sie niemals verlieren würde. Ein Zuhause, das ihr niemand wegnehmen konnte. Juna lebte durch Farben und Formen, durch Leinwände und Zeichnungen, durch Skulpturen und Gemälde. Ihr halbes Leben spielte sich in der Galerie ab. Kunst war die Konstante in ihrem Leben. Ihr Anker. Dieser Gedanke hatte für mich etwas unsagbar Schönes.

Jan war Astronom. Seine Konstante waren die Sterne. Genau wie die Kunst würden sie ewig existieren. Sie verschwanden nicht, nie. Und nicht zu vergessen hatten die beiden sich. Und sie liebten sich wirklich.

Was hatte ich dagegen? Ich war gerade mal siebzehn Jahre alt, stand nicht auf eigenen Beinen, hatte mein wirkliches Zuhause, hatte meine Eltern verloren. Ich ging auf eine Schule, in der ich mich nicht wohl fühlte, in der ich keine Freunde hatte, war allein, hatte keine Konstante, keine Konstante mehr. Denn meine Konstante war mein Leben hier, meine Konstante waren Jan und Juna gewesen. Doch jetzt war alles anders. Ich hatte niemanden mehr. Niemanden, mit dem ich reden, niemanden, dem ich mich anvertrauen konnte. Ich war ein Schiff ohne Hafen, und es wurde Zeit, das zu ändern, denn für einen Augenblick, einen kurzen Moment nur hatte ich geglaubt, wieder einen Kurs zu haben. »*Aikom obnet nepa edef.*« Was zur Hölle bedeutete das? War es eine Art Code, ein Passwort? Es gab nur eine Möglichkeit, das herauszufinden. Mein Traum, da war ich mir sicher, war mehr gewesen als ein Traum: ein Zeichen, ein Hinweis, dem ich jetzt nachgehen, ein Ruf, dem ich folgen musste, koste es, was es wolle.

Entschlossen ging ich zum Kleiderschrank, griff mir eine frische Jeans, ein sauberes Shirt, streifte beides über und verschwand im Badezimmer, wo ich mir kaltes Wasser ins Gesicht klatschte. Einem plötzlichem Impuls folgend beugte ich mich vor, hielt meinen Kopf unter den Strahl und fühlte mich Sekunde um Sekunde besser, klarer, wacher. Als ich das Wasser abdrehte, schlug mein Herz kräftig und hart, ich fühlte mich stark, war aufgeregt, und als sich ein paar eisige Tropfen ihren Weg an meinem Hals nach unten in den Nacken bahnten, musste ich unvermittelt grinsen. Verrückt. Vollkommen übergeschnappt. Es war Wahnsinn, jetzt allein zum See zu gehen. Dumm, leichtsinnig. Mein Verstand wusste das, doch mein Gefühl sagte mir etwas komplett anderes, und ich wusste, wonach ich mich richten würde. Als befürchtete ich, diesen Entschluss doch noch zu torpedieren, hatte ich es plötzlich eilig, griff nach einem Handtuch, rubbelte mir über die Haare und schlitterte zurück in mein Zimmer direkt zum Schreibtisch.

Liebe Juna, schrieb ich, *lieber Jan. Ich kann Euch jetzt nicht erklären, warum, aber ich muss weg. Es ist wichtig. Sehr. Keine Ahnung, wie lange es dauern wird, aber ich bitte Euch: Macht Euch keine Sorgen. Alles wird gut werden. Ich weiß es. In Liebe, Sira.*

Schnell las ich die paar Zeilen noch mal durch. Viel war es nicht, und um ehrlich zu sein, besonders vertrauenerweckend klang es auch nicht. Ich wusste nur einfach nicht, was ich sonst schreiben sollte, wie ich es besser formulieren konnte. Also beließ ich es dabei, faltete den Zettel in der Mitte zusammen, schob den Stuhl zurück und stand auf. Auf dem Weg nach unten musste ich daran denken, wie mühsam ich mich vorhin nach oben geschleppt hatte. Jetzt war da keine Spur mehr von Schwäche. Ich hatte einen Plan. Endlich. Und mit etwas Glück würde ich bald noch mehr haben: Antworten. Im Flur fischte ich meine Jacke von der Heizung. Sie war trocken und warm. Gut. Doch als ich in die Ärmel schlüpfte und den Reißverschluss bis zum Anschlag hochzog, fühlte ich mich plötzlich alles andere als gut. Verflucht, war das heiß! Ich brannte. Verbrannte von innen! Alle Kraft fiel mit einem Schlag von mir ab, mit jeder Sekunde, die verstrich, ging es mir schlechter. Mein Denken war blockiert, mein Bewusstsein die pure Qual. Wie ferngesteuert riss ich den Reißverschluss nach unten, streifte mir die Jacke vom Körper und pfefferte sie auf den Boden. Das Feuer erlosch. Vorbei. Es war vorbei.

Schweratmend stand ich da und versuchte zu begreifen, was geschehen war. Vergeblich. Das Einzige, was ich begriff, war, dass ich hier raus musste. Raus in die Kälte. Sofort. Ich machte einen großen Bogen um die unselige Steppjacke auf dem Boden, eilte zum Wohnzimmertisch und klemmte meinen Brief unter den

Wasserkrug. Als ich durch den Flur zurückging, blieb mein Blick an Handschuhen, Schal und Mütze hängen, was mich augenblicklich dazu veranlasste, noch schneller zu gehen. Zu deutlich spürte ich noch die imaginären Flammen über meine Haut lecken, zu greifbar noch war der Schmerz, und so stand ich, als die Haustür schließlich hinter mir zufiel, mit nichts weiter als einer Jeans, einem dünnen Shirt und Turnschuhen in der Kälte.

Die Nachtluft strich angenehm kühl über meine Haut, als ich mich in Bewegung setzte. Ich ging an den Straßenlaternen vorbei. Ging bis zum Ende der Kreuzung und bog nach rechts ab. Mit jedem Schritt entfernte ich mich weiter vom Licht, mit jedem Schritt Richtung Wald verschluckte mich die Dunkelheit ein wenig mehr, doch Angst hatte ich keine: Ich hieß sie willkommen.

6

Um mich herum rauschten die Bäume im Wind, der Schnee knirschte unter meinen Füßen, und ab und zu zerriss der Schrei einer Eule die Stille im Wald. Obwohl es stockfinster war, konnte ich alles erkennen, war alles andere als blind. Ich fühlte mich wie eine Raubkatze auf der Jagd.

In meinem Traum war ich von Anfang an viel näher am See gewesen. Wie genau ich jedoch dorthin gekommen und was davor geschehen war, keine Ahnung. Es blieb mir nichts, als zu hoffen, dass ich alles richtig machen, dass ich die Chance bekommen würde, meinem Traum Leben einzuhauchen, denn ich war mir sicher, genau das tun zu müssen. Nur so würde ich Antworten bekommen. Dort vorne war der Wegweiser zum See. Es war nicht mehr weit. Meine Anspannung wuchs, ich ging schneller, wollte ihn so schnell wie möglich erreichen. Und dann schob mich etwas nicht minder stark von ihm fort, wie es mich eben noch angezogen hatte. Etwas versuchte mit aller Macht, mich auf dem schnellsten Weg zum Ziel zu schaffen, etwas Unsichtbares, Unbegreifliches. Ich begann zu rennen. Meine Füße glitten immer wieder auf dem Eis aus, das sich unter dem Schnee befinden musste, doch ich drosselte mein Tempo nicht. Der See – ich musste ihn erreichen. Als der Wald sich endlich zu lichten begann und die Baumgruppe aus meinem Traum in mein Blickfeld rückte, hatte ich jegliches Zeitgefühl verloren. Sobald ich zwischen den Tannen hervortrat und sich der vom Mondlicht beschienene See vor mir ausbreitete, erstarb die Macht der Dunkelheit endgültig. Ich war da. Wirklich und wahrhaftig.

Mich durchströmte eine fiebrige Erregung. Alles stimmte. Alles war genauso wie in meinem Traum. Dasselbe Licht, die gleiche Stimmung – ich fühlte mich wie ein in seinem eigenen Film die Hauptrolle spielender Regisseur, während ich am Ufer entlangschritt. Und da war es. Da war das Leuchten! Ich sah es ganz deutlich. Erleichterung überkam mich und machte mir klar, dass ich bis eben befürchtet hatte, es nicht zu sehen, mich geirrt zu haben. Doch dem war nicht so. Mein Traum *war* mehr als ein Traum: Das Zentrum des Leuchtens befand sich tatsächlich genau da, wo ich gestürzt war. Ich atmete tief durch und betrat die Eisfläche. Wie vermutet, war sie von Reif überzogen. Alles lief nach Plan oder vielmehr nach Traum. Nichts hielt mich auf, nichts hinderte mich daran, mich langsam vorwärts zu bewegen, doch je näher ich dem Licht kam, desto schneller wurde ich. Es ging ganz automatisch. Ich dachte nicht nach, ich handelte, begann zu rennen, achtete nicht auf meine Füße, die immer wieder unter mir wegglitten, stolperte einfach meinem Ziel entgegen, missachtete die Regeln. Und da passierte es. Ein lautes Knirschen. Ich hatte den Traum gesprengt. Unter meinen Schuhen begann es unheilverkündend zu knacken. Wilde Angst packte mich. Ich wusste, das Eis würde brechen, und doch galt meine einzige Sorge dem Licht. Es war nicht mehr weit. Ich musste dorthin, bevor es passierte, das war alles, was zählte. Mir entfloh ein panischer Schrei, als sich ein tiefer Riss auf der Eisfläche bildete und der Boden unter meinen Füßen mit einem schmatzenden Geräusch ins Wanken geriet. Nun war mir alles egal. Mit einem gewaltigen Satz sprang ich in den Lichtkegel und hörte das Eis noch im selben Moment mit ohrenbetäubendem Krachen unter der Wucht meines Aufpralls zerbrechen. Ich schrie. Schrie wie noch nie in meinem Leben, bis das eisige Nass mich verschluckte. Stopp! Ich musste zurück an die Oberfläche, musste kämpfen. Und das tat ich. Wie im Wahn strampelte, trat und schlug ich um mich, während vier Worte raketengleich durch mein Bewusstsein schossen. Sie waren alles, was ich dachte. Alles, was ich fühlte. Alles, was ich war. Plötzlich durchstieß ich die Wasseroberfläche. Eiskalte Luft strömte in meine Lungen, füllte sie aus, bevor vier Worte atemlos, unter Keuchen und Japsen aus mir hervorbrachen: *»Aikom… obnet… nepa… edef.«* Das war's. Wasser schlug über meinem Kopf zusammen, verschlang mich mit einem schaurigen Gurgeln. Eisige Kälte strömte in meinen Mund und presste mir die Luft aus den Lungen. Ich starb. Hier. Jetzt. Wegen eines Traums. Wegen eines Traums und vier Worten. Wegen eines Traums und vier Worten, von denen ich dachte, dass sie etwas bedeuten würden. Ich sank. Sank immer tiefer, versank in Schwärze. Das war's jetzt also. Das war das Ende.

Falsch gedacht. Mein Körper schlug hart auf etwas extrem Festes. Schmerz riss mich aus der Dunkelheit. Ich lebte. Atmete. Wunderbar klare, eisige Luft. Sekunden verstrichen, bis es mir gelang, die Unglaublichkeit dieser Information zu verarbeiten. Ich war wieder da. Hatte überlebt. Doch – warum eigentlich?

7

Als ich die Augen aufschlug, war alles weiß. Hatte ich mich am Ende getäuscht? War das der Himmel? War ich doch tot? Aber nein. Als ich mich aufrichtete, wurde mir klar, dass das Weiße nicht etwa Wolken waren. Es war Schnee. Viel Schnee, und es war Schnee von einem so übernatürlichen Weiß, wie ich ihn noch nie gesehen hatte. Ich kannte diesen Ort nicht, war mit Sicherheit noch nie hier gewesen. Trotzdem kam mir alles vertraut vor: die mächtigen Tannen mit ihren schneebedeckten Wipfeln, das berauschende Glitzern der Eiskristalle, die frostklirrende Luft, der Schneewind, der mir durchs Haar fuhr und leise ins Ohr raunte. Wind. *Wind*. In meinen Gedanken regte sich etwas: Ich kannte dieses Raunen. Fast Flüstern war es, und ich verstand: »*SSSS-Siiirra, SSSSSiiirra.*« Es war *die* Stimme. Die Stimme des Windes aus meinem Traum. Die Stimme, die mich gerufen hatte. Nur am Klang der Worte hatte sich etwas verändert: Sie waren nicht länger fordernd, eher sanft, beinahe zärtlich. Ich hatte recht gehabt: »*Aikom obnet nepa edef*« war ein Code. Der Schlüssel zu einem Ort, den ich unbedingt hatte erreichen wollen, weil ich ihn mit IHM in Verbindung brachte. Auf dem See hatte ich sein Gesicht gesehen, an derselben Stelle war ich eingebrochen. Das war kein Zufall. Konnte kein Zufall sein. Ich hatte keine Ahnung, wo ich war, wer ER war oder wo ich ihn suchen sollte. Einen Mann, von dem ich bis jetzt nicht mehr gesehen hatte als sein Gesicht und auch das nur für wenige Augenblicke, aber ich musste ihn finden. Zu verlieren hatte ich nichts, nur zu gewinnen. Wenn ich hierblieb, würde ich nie erfahren, wer er war, warum er mich so faszinierte und warum er mich nur anzuschauen brauchte, um mir alles zu geben, was ich für immer verloren geglaubt hatte: Geborgenheit, Zuversicht, Hoffnung. Wenn ich hierblieb, würde ich keine Antworten bekommen. Also tat ich das Einzige, das ich tun konnte, das Einzige, was Sinn hatte: Ich ging einfach los.

Der Schnee war hoch. Ich musste mir meinen Weg durch die weißen Massen regelrecht bahnen, und doch strengte es mich nicht an. Wider Erwarten irrte ich auch nicht blindlings durch die Gegend. Etwas in mir schien genau zu wissen, wo ich hin wollte, wo ich hin musste, und mit jedem meiner Schritte wurde das Gefühl stärker, auf dem richtigen Weg zu sein. Der Schnee verlor an Tiefe. Es ging aufwärts. Als ich über die Schultern zurückschaute, stellte ich erstaunt fest, dass ich mich die ganze Zeit über auf einem See befunden hatte, der in einer Art Talsenke lag. Der Schnee dort war so tief, weil ihn der Wind von den Höhen nach unten wehte. Ich war also auf einem See eingebrochen und auf einem See wieder aufgetaucht. Der Weg vor mir wurde immer steiler und der Wind immer eisiger. Meine Jeans und das Shirt waren von Wasser und Schnee durchnässt und klamm, doch ich fror nicht. Es war, als ob Wind und Kälte von meiner Haut abprallen würden. Als heftiger Schneefall einsetzte, schienen selbst die Flocken vor meinem Körper zurückzuweichen. Trotzdem wurde die Sicht immer schlechter. Auf einmal war es regelrecht dunkel. Als ich den Blick hob, wurde mir klar, warum: Vor mir zeichnete sich die Silhouette eines gigantischen Waldes ab. Zögernd verlangsamte ich mein Tempo. Sollte ich hier wirklich weitergehen? Durch diesen Wald? Doch im Grunde erübrigte sich die Frage von selbst. Ich musste da rein, denn ER war irgendwo da drinnen, das spürte ich ganz deutlich. Ein letzter Blick zurück, ein letztes Atemholen, dann ging ich los.

Je weiter ich in den Wald vordrang, desto dunkler wurde es. Irgendwo in der Ferne erklang ein langgezogenes Jaulen. Ein Wolf? Egal. Auf jeden Fall unheimlich. Ich beschleunigte meine Schritte, fing an zu rennen. Je schneller, desto besser. Immer weniger auf den Weg achtend folgte ich nur noch meinem Gefühl, ließ mich treiben und prallte plötzlich zurück. Mein Körper war gegen etwas Festes gestoßen, gegen ein Hindernis. Ich strauchelte. Stürzte. Landete hart auf dem Boden. Als ich den Blick hob, war ich blind. Schmerz hatte mir Tränen in die Augen getrieben. Erst nach wiederholtem Blinzeln sah ich klar und sog vor Schreck scharf die Luft ein. Ein Wolf. Riesengroß und schneeweiß. Vollkommen regungslos stand er da, wie aus Eis gemeißelt. Nur seine Augen glommen gefährlich in der Dunkelheit. Ich lag da wie erstarrt. War unfähig, mich zu bewegen, zu schreien, aufzustehen, wegzulaufen. Hier draußen würde mich sowieso niemand hören, und der Gedanke an Flucht war geradezu lächerlich, denn ich hatte nicht den Hauch einer Chance.

Warum griff der Wolf nicht an? Es war, als dächte er nach. Den Kopf leicht schräg gestellt durchbohrte er mich mit seinem Blick. So schrecklich sich das auch anfühlte, hatte es doch etwas Magisches, Mächtiges. Von diesem Tier ging eine pulsierende, eine hitzige Kraft aus, die alles an ihm in Spannung versetzte. Einen kurzen Moment bannte er mich noch mit seinen Augen, dann setzte der Wolf zum Sprung an. Kräftige Pfoten trafen auf meinen Brustkorb. Heißer Atem streifte mein Gesicht, und dann glühte meine rechte Schulter vor Schmerz. Scharfe Zähne waren tief in mein Fleisch gedrungen. Wabernder Nebel raubte mir die Sinne. Das Letzte, was ich hörte, war ein durchdringendes, ein tiefes Knurren, gefolgt von einem Heulen.

8

Als ich aufwachte, fühlte sich mein Kopf an wie nach einem Vollrausch: schwer und dröhnend. Ich lag auf einem staubigen Boden und hatte keine Ahnung, wo ich mich befand. Wieder einmal. Was war das hier? Ein Keller? Ich richtete mich leise stöhnend auf und fluchte, als mir dabei ein scharfer Schmerz durch die Schulter jagte. Nein. Ein Keller war das hier nicht. Eher eine Hütte. Eine Holzhütte, um genau zu sein. In der Mitte des Raums stand ein grob gezimmerter, massiv wirkender Tisch. Die Wände zierten eine Reihe höchst dubioser Gerätschaften, die mich entfernt an Folterwerkzeuge erinnerten. Schnell huschte mein Blick weiter und blieb an einer Feuerstelle hängen, in der sich zentimeterdick Asche häufte; der Kamin war wohl schon sehr lange nicht mehr benutzt worden. Ein Teil der Asche verteilte sich auf dem verstaubten Boden. Rechts von mir an der Wand befand sich ein großer Schrank, dessen eine Tür schief in den Angeln hing; die andere hatte auf Augenhöhe ein faustgroßes Loch. Daneben auf dem Boden stand eine beachtliche Ansammlung Kerzen. Ausnahmslos alle waren fast zur Gänze abgebrannt, geronnenes Wachs haftete in dicken erstarrten Tropfen an jeder. Alles hier drinnen wirkte verlassen und verwahrlost.

Was war das? Ich hielt die Luft an und lauschte. Ein leises Knirschen. Stille. Ganz leise ließ ich den Atem wieder entweichen und verharrte abermals. Nichts. Hatte ich mir das Geräusch am Ende nur eingebildet? Nein. Da war es wieder. Das klang ganz nach – ja, genau: Stiefelknirschen. Mein Blick blieb an der Holztür hängen. Knirschender Schnee unter schweren Stiefeltritten. Da draußen war jemand. Das Knirschen wurde lauter. Und ich lag hier im Staub. Verteidigungsunfähig. Mein Versuch aufzustehen endete in einem Gefühl der Desorientiertheit, das mich auf den Boden zurücksinken ließ. Wie in drei Teufels Namen sollte ich mich, falls nötig, gegen wen auch immer zur Wehr setzen, wenn es mir nicht mal gelang, auf die Beine zu kommen?

Mein Blick irrte auf der Suche nach einem Ausweg im Raum herum und blieb an dem Holztisch in dessen Mitte hängen. Wenn ich es bis dorthin schaffte, würde es mir vielleicht gelingen, mich an ihm hochzuziehen. Ich presste meine Arme fest an den Körper und begann mich vorsichtig um die eigene Achse zu rollen. Es tat höllisch weh. Unter dem Druck der Drehung explodierte meine rechte Schulter in einem Feuerwerk aus Schmerz. Als ich den Tisch endlich erreicht hatte, fühlte sie sich an wie verbrannt. Wieder das Knirschen im Schnee, diesmal beängstigend nah. Es galt, keine Zeit mehr zu verlieren. Ich biss die Zähne zusammen, griff mit beiden Händen nach oben und bekam die Tischkante knapp zu fassen. Mit allem, was ich an Kraft aufbringen konnte, zog ich mich daran hoch und schaffte es gerade so, mich auf die Knie zu hieven. Den Arm meiner unverletzten Seite gegen die Tischplatte pressend, stemmte ich mich das letzte Stück in die Senkrechte.

Gerade zwei Sekunden stand ich schwankend aufrecht, bevor meine Beine wie Streichhölzer unter mir wegknickten. Mein panischer Versuch, mich noch im Fallen an der Tischplatte festzuklammern, misslang – ich fiel der Länge nach zurück auf den Holzboden.

Die Tür flog krachend gegen die Wand, und eine gewaltige Schneewolke stob herein. Durch den Flockenwirbel hindurch sah ich nicht mehr als die Silhouette eines Menschen, der die Tür mit einer raschen Bewegung zuschlug. Ich schluckte heftig. ER! Keine zwei Meter von mir entfernt stand der Fremde. Der Mann, den ich so verzweifelt gesucht, den ich unbedingt hatte finden wollen. Er stand einfach so da und starrte mich an. Und ich starrte zurück. Er war groß und kräftig, wirkte durchtrainiert, aber nicht gestählt. Dicke schwarze Locken fielen ihm schwer auf die breiten Schultern unter einem schwarzen Mantel, der elegant an seinem Körper herab bis fast auf den Boden fiel. Obwohl seine Gesichtszüge bereits in meine Gedanken gebrannt waren, hatte es etwas extrem Spannendes, sie in Wirklichkeit und in Farbe zu sehen. Mein Herz geriet ins Stocken, als mein Blick sein breites Kinn und die markanten Wangenknochen abtastete, einen Augenblick auf der geraden, schmalen Nase verweilte und schließlich in seinen fast schwarzen Augen ertrank. Dieser Typ sah unverschämt gut aus, und ich kam mir langsam ziemlich blöd vor, wie ich da zu seinen Füßen auf dem staubigen Boden lag.

Als hätte er das gespürt, durchquerte er schnellen Schrittes den Raum, ging neben mir in die Knie, schob mir einen seiner kräftigen Arme unter den Rücken, den anderen unter die Kniekehlen und richtete sich in einer einzigen fließenden Bewegung scheinbar mühelos mit mir auf. Er roch nach Schnee. Nach Schnee und – bevor ich darauf kam, was es war, hatte er mich schon behutsam auf der Tischplatte abgesetzt und wich langsam zurück, bis er sich mit dem Rücken lässig gegen die

Holzwand der Hütte lehnen konnte. Noch immer hatten wir kein Wort gewechselt, und doch hatte er mich nicht eine Sekunde aus den Augen gelassen. So wie ich ihn vorher, schien er nun mich abzuscannen. Was er wohl sah? Mit leisem Grauen dachte ich daran, was für ein Bild ich abgeben musste, erschöpft, zerzaust und verwundet wie ich war. Er schien zu wissen, was mir durch den Kopf ging, denn kaum hatte ich meinen Gedanken zu Ende gedacht, spielte ein spöttisches Lächeln um seine Mundwinkel. Dieser Typ sah nicht nur unverschämt gut aus, er wusste es auch.

»Hallo. Ich denke, es ist an der Zeit, mich vorzustellen.«

Seine Stimme klang angenehm samtig und übte, dunkel wie sie war, eine ungemein beruhigende Wirkung auf mich aus.

»Ich bin Turak. Turak Eskalasir.«

Turak Eskalasir. Der Namen passte zu ihm. Er war fremd und geheimnisvoll, genau wie sein Träger.

»Offenbar habe ich dich erschreckt. Das lag nicht in meiner Absicht. Ich hoffe, du verzeihst.«

Er warf mir einen unverkennbar fragenden Blick zu, erwartete jedoch ganz offensichtlich keine Antwort, denn er fuhr unbeirrt und ohne innezuhalten fort.

»Ich bin sicher, du hast eine Menge Fragen. Vermutlich bist du müde und hast zu meinem großen Bedauern aller Wahrscheinlichkeit nach Schmerzen.«

Sein Blick huschte zu meiner Schulter und verweilte kurz darauf, bevor er mir wieder in die Augen sah.

»Ich bitte dich dennoch, mir zuzuhören. Unter anderen Umständen würde ich mich zuerst um deine Verletzung kümmern, würde dafür sorgen, dass du ein paar Stunden Schlaf bekommst, dich erholen kannst, aber wir haben keine Zeit. Du musst verstehen. Je schneller, desto besser. Du musst einfach. Jetzt. Meinst du, du schaffst das?« Er hielt inne und presste die Lippen zusammen.

Schaffte ich das? Ganz als wollte sie protestieren, fuhr in eben dieser Sekunde ein scharfer Schmerz durch meine Schulter und ließ mich zusammenzucken. Turak machte alarmiert einen Schritt auf mich zu, doch ich hob die Hand.

»Lass, ich krieg das hin.« Schließlich war ich kein Waschlappen. Turak sah nicht sonderlich überzeugt aus, lehnte sich jedoch nach kurzem Zögern an die Wand zurück. Seiner Mine nach zu urteilen, ging es ihm gewaltig gegen den Strich. »Ich hasse das. Ich wünschte, wir hätten mehr Zeit.«

Ich hätte es nie zugegeben, doch obwohl unsere Situation seinem Verhalten nach zu urteilen irgendwie schwierig zu sein schien, freute es mich ungemein, dass er sich um mich sorgte. Durch Turaks Körper ging ein Ruck, seine linke Hand ballte sich zur Faust und ein entschlossener Ausdruck trat auf sein Gesicht, dem seine Stimme, als er das Wort wieder an mich richtete, in nichts nachstand.

»Das Ganze ist ziemlich kompliziert, und ich weiß nicht, wie viel du schon weißt, doch wenn ich mich nicht irre, leider ziemlich wenig. Sagt dir das Wort Schneeelfen irgendwas?«

Das Wort *was* bitte schön? Ich glaubte, mich verhört zu haben.

Turak stöhnte. »Allem Anschein nach nicht. Ganz wie ich befürchtet hatte.«

Sein Ton verletzte mich. Er vermittelte mir das Gefühl, irgendeine Lektion nicht gründlich genug gelernt zu haben, von der ich noch nicht mal gewusst hatte, dass ich sie hätte vorbereiten sollen. Turak fuhr sich fahrig mit der Hand über die Stirn und lächelte mich entschuldigend an.

»Verzeih, ich glaube, ich bin für diese Art von Gespräch nicht besonders geeignet. Es lag nicht in meiner Absicht, so …« Er rang nach Worten.

»Arrogant zu klingen?«, schlug ich leise vor.

Er sah ehrlich zerknirscht aus. »Genau.«

»Schon gut«, sagte ich schlicht und meinte es auch so.

Turak warf mir einen prüfenden Blick zu, nickte und sprach weiter.

»Wie gesagt, die Sache ist ziemlich verfahren. Und nein, du hast dich eben nicht verhört, denn *ich bin ein Schneeelf.*«

Also doch. Ich war nie einer dieser rational veranlagten Menschen gewesen, die nur glaubten, was wissenschaftlich erwiesen war, aber Elfen?

»Ich weiß, wie seltsam sich das für dich anhören muss«, sagte Turak. »Ich versichere dir jedoch, dass du nicht versehentlich zwischen die Seiten eines Märchenbuchs geraten bist.« Sein Blick bohrte sich in meinen, versuchte herauszufinden, was ich dachte.

Ich glaubte ihm. Keine Ahnung, warum, aber jetzt, da ich wusste, dass mir meine Ohren keinen Streich gespielt hatten, zweifelte ich keine Sekunde mehr an der Wahrheit seiner Worte. Was er sagte, fühlte sich richtig an, und wenn ich ehrlich war, hatte ich nicht von Anfang an gespürt, dass Turak irgendwie anders, dass er besonders war? Jetzt wusste ich, warum. Er war kein Mensch. Er war ein Elf. Ein *Schneeelf.*

Turak schien in meinen Augen gefunden zu haben, wonach er gesucht hatte, denn er nickte zufrieden.

»Den Ort, an dem du zu dir gekommen bist, nennt man *den Eissee*. Er gehört zum Königreich der Schneeelfen, das mein Vater regiert. Ich bin König Arkors jüngster Sohn.«

»Ein Prinz?« Jetzt war ich diejenige, die ihm unverwandt in die Augen sah.

»Der jüngste Schneeprinz.«

Er sagte die Wahrheit. Eindeutig. Und ich war mir nicht sicher, was ich davon zu halten hatte: ein Elf – schön und gut. Aber musste er unbedingt gleich noch ein Prinz sein? Ging es nicht vielleicht auch eine Nummer kleiner?

Turak schien mein Unbehagen zu spüren. »Das ändert nichts, hörst du? Ich bin ein Junge wie jeder andere – oder zumindest fast.« Er lachte leise. »Das mit dem Elfen kann ich dir nicht wegdichten, aber das mit dem Prinzen – vergiss es einfach, ja?«

Ich nickte und wusste doch, dass mir das nicht gelingen würde. Dieser Mann – denn Junge war die Untertreibung des Jahrhunderts – war kein bisschen wie jeder andere. *Das* ließ sich nicht so einfach wegdichten, und wenn ich so darüber nachdachte, gefiel mir das eigentlich gar nicht schlecht.

Eine steile Falte zerfurchte Turaks Stirn, als er auf den Boden starrend in seiner Erzählung fortfuhr. »Ich bin der jüngste Schneeprinz, weil meine Mutter kurz nach meiner Geburt verstarb. Das ist jetzt einundzwanzig Jahre her.«

O nein.

»Ich habe zwei ältere Brüder. Larsk ist sechsundzwanzig, Elar dreißig. Sevin war der älteste von uns. Wir haben ihn verloren, kaum dass er die dreißig erreicht hatte.«

Verdammt.

In mir krampfte sich alles zusammen, als ich seinen Schmerz, seine tiefe Traurigkeit spürte und dabei fast körperlichen Schmerz empfand.

Turak hob den Blick und verschränkte ihn mit meinem. »Ungefähr an dieser Stelle der Geschichte kommst du ins Spiel.«

Ich horchte auf, hatte mich schon selbst gefragt, wann das der Fall sein würde.

»Sevins Tod war kein Unfall«, seufzte Turak. »Er wurde im Kampf erstochen. Hinterrücks.«

Ich war entsetzt. Nicht nur, weil es generell eine grausame Vorstellung war, so sterben zu müssen, sondern auch, weil sich mir die unangenehme Frage stellte, warum mein Name ausgerechnet an dieser Stelle fallen musste. Stand ich am Ende mit Sevins Tod in Verbindung? Trug ich auf irgendeine Art sogar Schuld?

»Keine Angst, du kannst nichts dafür«, flüsterte Turak mehr, als dass er es laut aussprach, und räusperte sich vernehmlich. »Nicht wirklich jedenfalls. Dein Vater war einer von uns. Er war ein Schneeelf …«

Was sagte er da?

»… und einer unserer erfahrensten, besten und wertvollsten Krieger noch dazu.«

Deron? Ein Schneeelf?! Ein – Krieger? Warum?

»Weil wir nicht die einzigen Elfen hier sind«, beantwortete Turak meine unausgesprochene Frage.

Wie machte er das? Woher wusste er, was ich dachte?

»Mein Vater ist der König des Schneelandes. Ekrasit herrscht über die Eiselfen. Seit jeher gab es Streit zwischen Schnee und Eis. Streit, der eskalierte, zu handfesten Auseinandersetzungen führte und sich oft genug in Kriegen entlud. Deshalb brauchen wir Krieger.«

Ich schluckte. Das klang alles nicht wirklich gut. Aber es sollte noch schlimmer kommen.

»Vor etwas mehr als siebzehn Jahren brach eine junge Frau im Eissee ein. Ihr Name war Lena.«

Mum?!

Turak ließ mich keine Sekunde aus den Augen, als er weitersprach. »Deron rettete sie vor dem Ertrinken und brach so eines unserer ältesten Gesetze, denn jeder

Mensch, der ungefragt in unsere Welt vordringt, ist des Todes.«

Ich konnte, nein, ich wollte nicht glauben, was er da sagte. Das war grausam.

»Sag jetzt nichts, Sira«, verlangte Turak grimmig.

Woher kannte er meinen Namen?

»Ich weiß, dass das hart klingt. Sehr hart. Aber es ist unsere einzige Möglichkeit, im Verborgenen zu bleiben. Was meinst du, wie lange es dauern würde, unsere Welt zu zerstören, wenn die Menschen Wind von ihr bekämen, wenn sie sich von uns bedroht fühlen würden?«

Ich schwieg, versuchte immer noch einigermaßen geschockt mit dieser bislang ungeahnt dunklen Seite an ihm klarzukommen.

»Es ist nun mal so, dass sie sich von allem bedroht fühlen, was sich außerhalb ihrer Vorstellungskraft befindet«, stieß Turak hervor. »Etwas wie uns Elfen darf es nicht geben. Bevor die Menschen akzeptieren, dass tatsächlich noch andere Wesen existieren, die aufrecht gehen, Verstand besitzen und ihnen sowohl darin, als auch in vielem anderen womöglich haushoch überlegen sind, löschen sie lieber alles aus, was ihnen über den Weg läuft. Ohne Rücksicht auf Verluste.«

In Turaks Stimme lag so viel Hass, so viel Verbitterung, dass ich mir nur schwer vorstellen konnte, dass sich das auf pure Spekulationen gründete.

»Was ist passiert?«, fragte ich leise.

Turak schnaubte. »Verrat. Das ist passiert«, knurrte er und schlug mit der Faust gegen die Wand.

Ich zuckte erschrocken zusammen, was ihn offenbar daran erinnerte, dass ich, was auch immer damals geschehen war, nichts dafür konnte.

»Entschuldige«, sagte er, sich nur mit Mühe beherrschend, bevor er, nachdem er ein paarmal tief durchgeatmet hatte, mit ruhigerer Stimme fortfuhr. »Mich packt nur jedes Mal wieder die Wut, wenn ich daran denke. Damals waren uns menschliche Forscher auf die Spur gekommen. Sie schnappten sich einen unserer Jungelfen, nahmen ihn mit in ihre Welt und führten mehrere Experimente an ihm durch, bevor ihnen klarwurde, was er war. Es gibt Erzählungen über unsere Art. Märchen. Doch jede Geschichte hat ihren Ursprung, wie viel auch sonst an ihr frei erfunden sein mag.

Diese Forscher zählten eins und eins zusammen, auch wenn sie das dazu zwang zu akzeptieren, dass wir tatsächlich existierten. Sie hatten vor, die Menschheit zu warnen. Wollten mit der Botschaft an die Öffentlichkeit gehen, dass es ein Volk gäbe, von dessen Existenz bislang niemand etwas geahnt hatte und das seine besonderen Fähigkeiten früher oder später dazu nutzen würde, die Menschen zu vernichten.« Turak schnaubte verächtlich. »Als ob wir das jemals vorgehabt hätten. Als ob wir das könnten!«

In diesem Moment klang er genau so, als würde er sich nichts auf der Welt sehnlicher wünschen.

»Jedenfalls wollten sie ihre Forschungsergebnisse erst dann veröffentlichen, wenn sie so viel wie möglich über diese Fähigkeiten herausgefunden hatten, und dann hat Teljar ihnen einen Strich durch die Rechnung gemacht.«

Aus Turaks Stimme war mit einem Schlag jegliche Aggression verschwunden. Er klang nur noch traurig.

»Teljar – so hieß der Jungelf –, ist ihnen einfach unter den Händen weggestorben.«

Ich spürte, wie mir Tränen in die Augen traten.

»Wir haben es nicht geschafft, ihn rechtzeitig zu befreien«, sagte Turak bitter, »aber es ist nie auch nur ein Wort über unsere Art in den Nachrichten der Menschen gefallen, und das wird es auch nie, denn seit diesem Vorfall gibt es in unserem Gesetz einen Paragraphen, der es unter Höchststrafe verbietet, einen im See eingebrochenen Menschen zu retten. Wer nicht gerettet wird, kann nicht fliehen, und wer nicht fliehen kann, begeht keinen Verrat.«

Das war er also. Der Grund für die Radikalität in Turaks Stimme, für die aggressive Vehemenz, mit der er sich vor sein Volk stellte und dieses im wahrsten Sinne des Wortes unmenschliche Gesetz verteidigte. So weit, so gut. Was mich jedoch richtig schockierte, war, dass ich mit ihm sympathisierte. Ich hatte dieselbe Empörung empfunden wie er, als er mir von diesem Forscherteam erzählt hatte. Seine Traurigkeit über Teljars Tod war meine Traurigkeit gewesen. Warum? Nüchtern betrachtet war es doch so: Ich war ein Mensch.

»Wie gesagt, deine Mutter brach im See ein«, holte Turak mich in die Wirklichkeit zurück.

Ich erschrak. Hatte schon fast vergessen, was für mich persönlich bis jetzt doch eigentlich der wichtigste Teil der Geschichte war; und mir drehte sich regelrecht der Magen um, als mir klarwurde, dass ich Lena gerade, ohne mit der Wimper zu zucken, gedanklich ertränkt hätte.

»Deron befand sich in der Nähe des Ufers, als es passierte. Ihm waren die Wolken über dem See bereits beim Entstehen aufgefallen, so dass er genug Zeit gehabt hatte, vom Schloss aus dorthin zu gelangen. Wachsamkeit, Sira. Fast die wichtigste Eigenschaft eines Kriegers. Diese bestimmte Wolkenformation bildet sich immer dann, wenn ein Mensch in unsere Welt bricht, sie ist der Vorbote seines Todes. Deron hatte das schon ein dutzendmal erlebt. Einen Krieger, wie er einer war, hätte das kaltlassen müssen, denn hunderte Eiselfen waren zu diesem Zeitpunkt bereits durch sein Schwert gefallen. Mindestens genauso viele von uns hatte er schon an die Eiskrieger verloren. Aber es hatte ihn nicht kaltgelassen. Deron rannte zum See.

Turak hielt inne. »Er hat uns das alles in einem Brief mitgeteilt. Das ist der einzige Grund, warum ich es weiß.«

Ich nickte. Wartete. Wartete aufs Äußerste gespannt, dass er fortfuhr.

»Dein Vater rannte zum See und sah dort die schon halb erfrorene junge Frau im Wasser um ihr Leben kämpfen. Er schrieb, in diesem Moment sei etwas in ihm zerbrochen. Es zerbrach mit der Folge, dass er ins Eis lief und die Menschenfrau aus dem Wasser zog. Kaum dass sie am Ufer die Augen aufgeschlagen hatte, verliebte er sich in sie und besiegelte so sein Schicksal endgültig.«

Besiegelte sein Schicksal? Was bedeutete das? Was sollte das heißen?

»Dein Vater hatte das Gesetz gebrochen, Sira. Er hatte einen der wichtigsten Paragraphen missachtet, der in unserer Welt existiert, und *er* war sich vollends darüber im Klaren, was das bedeutete. Ihm war bewusst, dass

Ekrasit seinen Tod gefordert und mein Vater sich geweigert hätte, ihn auszuliefern, denn Gesetz hin oder her – Deron war nicht nur einer unserer besten Krieger, er war auch einer der engsten Freunde der Königsfamilie, einer unserer wichtigsten Vertrauten und durch und durch ein Elf des Schnees. Nichts davon hätte jedoch daran etwas ändern können, dass Ekrasit das Recht auf seiner Seite hatte, denn es gibt keine Ausnahmen. Für niemanden. Nicht mal für einen Elfen wie Deron.«

Tränen rannen mir über die Wangen. Ich konnte sie nicht aufhalten, und so ließ ich sie einfach laufen, während ich Turak weiter zuhörte, dessen Ton jetzt extrem eindringlich war, eindringlich und sehr sanft.

»Deron war sich sicher, dass eine Auseinandersetzung zwischen meinem Vater und Ekrasit ein blutiges Ende genommen hätte: Krieg. Hunderte Elfen wären für ihn gestorben, das konnte und wollte er nicht zulassen. Also tat er etwas, das sowohl sein Volk als auch Lena mit einem Schlag aus der Gefahrenzone brachte: Er begleitete sie in die Menschenwelt. Er begleitete sie und wählte für sich ein Schicksal, das schlimmer war als der Tod. Er versicherte uns in seinem Brief, dass er es nie bereut hätte, deine Mutter gerettet zu haben, was mir umso mehr Respekt für ihn abverlangt; denn in der Menschenwelt zu sterben bedeutet für unsereins, niemals den Weg zu dem Ort zu finden, den wir *Lima* nennen, was so viel bedeutet wie *Licht der schlafenden Seelen*. Wir glauben, dass unsere Seelen nach dem Tod dort weiter existieren und ewigen Frieden finden. Deron brachte sich um diesen Frieden. Das ist das wohl größtmögliche Opfer, das ein Elf überhaupt erbringen kann.«

Ich schluchzte verzweifelt, bevor eine Erkenntnis über mich hereinbrach, die meine Tränen fast augenblicklich trocknete. Obwohl ich noch nie von diesem Ort, dem *Lima*, gehört hatte, wurde mir in diesem Moment klar, dass Deron der Weg dorthin nicht auf ewig versperrt bleiben würde. Er würde es schaffen, dort hinzugelangen. Irgendwie. Und das war kein bloßes Gefühl, keine Hoffnung, an der ich mich festklammerte, um den Tatsachen nicht ins Auge schauen zu müssen. Ich war mir sicher. Vollkommen. Woher ich das wusste? Keine Ahnung. Ich wusste es einfach. Meinem Prinzen jedoch sagte ich nichts davon. *Meinem* Prinzen? Ich musste gegen meinen Willen lächeln.

Turak hatte, während ich weinte, die ganze Zeit über ausgesehen, als fügte ich ihm körperlichen Schmerz zu. Täuschte ich mich oder hatte er tatsächlich so mit mir gelitten, wie ich vorher mit ihm? Wie dem auch sei – er schien außerordentlich froh darüber zu sein, dass ich mich besser fühlte.

»Deine Mutter wusste nichts von alledem. Sie hatte keine Ahnung, dass dein Vater in ihrer Welt nicht die geringste Chance hatte, länger als ein paar Jahre zu überleben, geschweige denn, dass er seine Seele für sie opferte. Wir können in eurer Welt nicht atmen. Die Luft ist zu schmutzig, es ist zu warm – und das ist noch nicht mal annähernd die Spitze des Eisberges. Alles andere jedoch würde jetzt zu weit führen. Es geht einfach nicht. Früher oder später müssen wir sterben.«

Nur zwei Jahre hatte ich mit Deron verbringen dürfen, dachte ich traurig. Und an die konnte ich mich noch nicht mal erinnern. Nicht wirklich jedenfalls. Was ich wusste, war wohl weniger Produkt meines Gedächtnisses als vielmehr eine nachträgliche Projektion durch die Fotos, die ich besaß und die das Einzige waren, das mir von meinem Vater geblieben war.

»Deron hat uns kurz vor seinem Tod eine Nachricht zukommen lassen«, sagte Turak, meinen Blick suchend. »Er teilte uns mit, dass Lena und er eine Tochter bekommen hatten. Er schrieb, ihr Name sei Sira.«

Die ganze Zeit über hatte Turak sich nicht vom Fleck bewegt, war mit dem Rücken zur Wand stehen geblieben. Doch jetzt begann er nervös vor mir auf und ab zu gehen.

»Es tut mir leid, dass du das alles so erfahren musst.

Um ehrlich zu sein hatte ich gehofft, dass dir Lena schon mehr erzählt hätte, aber als ich dann dein Spiegelbild auf dem Eis sah, wusste ich, dass dem nicht so sein konnte. Und mir ist noch etwas klargeworden. Deine Mutter – sie muss tot sein.«

Er blieb stehen und schaute mich fragend an. Ich nickte zustimmend. Als er jedoch keine Anstalten machte, weiter auf und ab zu gehen, wurde mir klar, dass er darauf wartete, dass ich etwas sagte.

»Sie hat sich kurz nach meinem dreizehnten Geburtstag das Leben genommen.« Die Worte brachen laut und bestimmt aus mir hervor. Beinahe wütend. Irgendwie war ich das ja auch. Warum zum Teufel hatte Lena nie etwas gesagt? Jetzt ergab plötzlich alles Sinn. Nach so langer Zeit. Wort für Wort. Jedes einzelne.

»Sie hat mir einen Brief geschrieben«, erklärte ich. »Einen Abschiedsbrief. Bis heute habe ich nicht verstanden, was genau sie mir darin mitteilen wollte, denn sie hat es nicht gesagt. Nicht direkt. Da waren nur Andeutungen. Anspielungen auf so vieles, das ich nicht verstanden habe, nicht verstehen konnte. Bis jetzt.« Das hatte bitter geklungen, und ich merkte es auch. »Versteh mich nicht falsch«, sagte ich deswegen schnell, »ich verurteile sie nicht oder so. Es ist nur – ich habe mich immer schuldig gefühlt. Die ganze Zeit über.«

Turak schüttelte den Kopf, kam langsam auf mich zu und ging so weit in die Knie, das wir auf Augenhöhe waren.

»Niemand ist an irgendetwas schuld, Sira. Du am allerwenigsten. Das ganze Leben besteht aus Entscheidungen. Man kann nur einen Weg gehen, und ganz egal, welchem man letztlich folgt, die Verantwortung dafür trägt man selbst – so wie deine Eltern. Sie haben ihre Wahl getroffen. Beide. Jetzt bist du an der Reihe.«

Ich? Warum ich? Angst krampfte in meinem Magen, als er nach meiner Hand griff, sie fest drückte und seinen Blick in meinem versenkte.

»Dein siebzehnter Geburtstag ist vorbei. Nach unserem Gesetz bist du jetzt erwachsen. Wir vermuten, dass das die Verwandlung in Gang gesetzt hat. Deron hat dir sein Wesen vererbt, was bedeutet, dass du gerade dabei bist, dich in eine Elfe zu verwandeln.«

Ich schnappte nach Luft, während mein Herz wie wild anfing zu rasen und meine Fingernägel sich in Turaks Handfläche gruben.

»Ob deine Verwandlung noch weiter fortschreiten oder an diesem Punkt stehen bleiben wird, kann ich dir nicht sagen. Niemand kann das. Und du hast jetzt genau zwei Möglichkeiten: Entweder bringe ich dich in die Menschenwelt zurück, oder aber du bleibst hier.

Wenn du zum Teil menschlich bleibst, kannst du bei uns auf Dauer nicht überleben. Wenn du jedoch in die Menschenwelt zurückkehrst und dich doch weiter verwandelst, wirst du auch dort nicht durchkommen.«

Er schwieg und gab mir Gelegenheit, über das nachzudenken, was er da gesagt hatte, mir über die Ungeheuerlichkeit seiner Worte klarzuwerden.

»Ich weiß, dass das eine Wahl zwischen Pest und Cholera ist, aber so leid es mir auch tut – du musst dich entscheiden. Jetzt. Bevor es zu spät ist.«

Zu spät? Warum hatten wir es eigentlich so eilig? So dramatisch das alles klang, würde ich wohl kaum innerhalb der nächsten halben Stunde das Zeitliche segnen. Oder? Obwohl ich meine Frage nicht laut ausgesprochen hatte, beantwortete Turak sie mir sofort.

»Eine nicht unbeträchtliche Zahl an Elfen – Eiselfen, um genau zu sein –, ist der Meinung, dass du nicht existieren solltest.«

Bitte *was*?! Was hatte ich ihnen denn getan?

»Wir – das heißt meine Familie und ich – haben seit Derons Tod gewusst, dass es dich gibt, dass du irgendwo da draußen in der Menschenwelt herumläufst. Ekrasit hingegen wusste es bis vor einem halben Jahr nicht. Darauf haben wir immer Wert gelegt, denn dass er dir, sobald er es weiß, lieber heute als morgen den Tod wünscht, war uns vom ersten Moment an klargewesen. Du bist etwas, das es noch nie gegeben hat, Sira. Du bist die Tochter eines Elfen und einer Menschenfrau. Eine Mischung aus derer beiden Blut und aus Ekrasits Sicht allein dadurch schon unrein.«

Das klang ja schlimmer als in einem Roman. Das hier war schließlich keine erfundene Geschichte. Es war Realität, und ich stand im Mittelpunkt.

»Faris – Ekrasits Sohn – hat meinen Bruder provoziert. Sevin war schon immer ein Hitzkopf gewesen, aber dieses eine Mal ist sein Temperament mit ihm durchgegangen. Faris hatte das Andenken deines Vaters in den Dreck gezogen, hatte behauptet, Deron sei es recht geschehen, in der Menschenwelt zu sterben, weil er sich mit einer dreckigen Menschenbraut, wie er es nannte, abgegeben hatte. Und da ist Sevin der Kragen geplatzt. Er hat Faris ins Gesicht gebrüllt, dass Deron, obgleich kein Eisprinz und nicht mal ansatzweise königlich, doch ein tausendfach wertvollerer und besserer Elf gewesen sei als ein Eisblut seines Schlages, und dass selbst in den Adern seiner Tochter reineres Blut flösse als in seinen.«

Mich durchflutete eine Welle stummer Zuneigung für Sevin. Wie hatte dieser Faris nur so etwas Abscheuliches sagen können? Was musste man nur für ein

Mensch – Verzeihung – für ein Elf sein, um so zu reden?

»Und das war's dann«, seufzte Turak. »Als Sevin bewusst geworden ist, was er da gesagt hatte, war es schon zu spät. Faris weiß seitdem von deiner Existenz und inzwischen auch jeder andere Elf. Sevin hatte das unbedingt verhindern wollen. Er wollte seinen Fehler wieder gutmachen und hat den Eisprinzen zum Duell gefordert.«

Turaks ohnehin schon blasses Gesicht verlor den letzten Rest Farbe, als er weitersprach.

»Er hat verloren. Faris hat hinterrücks angegriffen. Das ist gegen die Regeln, aber das hat Ekrasits Sohn noch nie sonderlich gekümmert – er ist bekannt dafür. Sevin starb durch sein Schwert.«

Mir war, als bohrte sich mir selbst eine Klinge durch die Brust. »Sevin ist gestorben, weil ich lebe«, sagte ich tonlos.

»Nein!« Turak schrie beinahe, und sein Griff um meine Hand wurde so fest, dass es fast weh tat. »Sevin ist *nicht* gestorben, weil du lebst«, donnerte er. »Er starb, weil er im falschen Moment zu viel gesagt hat! Und«, fügte er fauchend hinzu, »weil Faris ein absolut niederträchtiger Elf ist. Verstehst du?!« Er atmete schwer. Ein paar Sekunden lang war sonst absolut nichts zu hören.

Mein Hals fühlte sich dermaßen eng an, dass ich mich auf ein Nicken beschränkte. Ich war ziemlich gerührt.

»Jedenfalls«, sagte Turak, noch immer heftig atmend, »hat das das Fass zum Überlaufen gebracht. Der Tag, an dem mein Bruder starb, war der Auftakt zu einem Krieg, wie wir ihn noch nie erlebt haben.«

Nein! In Gedanken schrie ich. Das konnte doch alles nicht wahr sein!

»Faris hatte den ältesten Schneeprinzen erstochen. Das allein wäre schon schlimm genug gewesen, aber noch schlimmer war Ekrasits Reaktion darauf. Er hat doch allen Ernstes behauptet, das Verhalten seines Sohnes sei geradezu lächerlich im Vergleich zu der Tatsache, dass wir dem Eis deine Existenz verschwiegen hätten. Und ich versichere dir, wenn er gewusst hätte, wohin, wäre er schnurstracks aufgebrochen, um dich höchstpersönlich zu töten. Da er das jedoch nicht wusste – wir übrigens ebenso wenig –, blieb ihm nichts anderes übrig, als seiner Wut anders Luft zu machen: Er hat die Wölfe auf seine Seite gezogen.«

»Turak«, unterbrach ich ihn leise, während ich mit meinem Blick ein Loch in den Holzboden brannte. »Ich – das ist …«

»… nicht deine Schuld«, sagte er eindringlich. »Sira, hör bitte damit auf, dich verantwortlich zu fühlen. Dieser Krieg hat einen Auslöser gebraucht. Zwischen Eis und Schnee gibt es schon lange gewaltige Spannungen. Du warst einfach der perfekte Brandbeschleuniger. Doch wo es nicht brennt, lässt sich auch nichts beschleunigen. Alles klar?«

Ich hörte, was er sagte, und hörte es nicht, denn in meinem Kopf hatte ein monotones Summen eingesetzt.

»Hey«, sagte er behutsam. »Schau mich an, Sira. Bitte.«

Als ich nicht reagierte, schob er mir sanft seine freie Hand unters Kinn und zwang mich, ihm in die Augen zu schauen.

»Du – bist – nicht – schuld. Verstanden?«

Mir lief eine einzelne Träne über die Wange. Turak fuhr mit dem Daumen darüber und wischte sie weg. »Ich bin wahnsinnig froh, dass es dich gibt, und kein Krieg dieser Welt wird daran etwas ändern.«

Seine Worte breiteten sich in mir aus wie Sternenstaub, taten unendlich gut.

»Wir hatten damit gerechnet, dass du den Weg in unsere Welt irgendwann finden würdest. Wir wussten nur nicht genau, wann und wie, bis sich dein Gesicht plötzlich auf der Oberfläche des Eissees spiegelte. Ich bin oft dort. Für mich hatte dieser Ort schon immer etwas Magisches, und jetzt weiß ich auch, warum. Ich glaube an Schicksal, Sira. Und mein Schicksal bist du.«

Das Lächeln, das bei diesen Worten auf seinen Lippen erschien, war dermaßen bezaubernd, dass mein Herz wie wild zu klopfen begann.

»*Aikom obnet nepa edef. Willkommen in meiner Welt.* Ich gab dir den Schlüssel, und du hast ihn benutzt.«

Ich wusste es, triumphierte es in mir. Ich wusste, dass es ein Code war – nein, dachte ich glücklich. Es war unendlich viel mehr als das.

»Ich konnte an nichts anderes mehr denken, nur noch an dich«, sagte Turak rau. »In mir brannte es. Lichterloh. Ich wurde die Verzweiflung in deinen Augen nicht mehr los, konnte die unendliche Verlorenheit deines Blicks nicht mehr vergessen. Ich wollte dich in den Arm nehmen, dich trösten, dich beschützen vor allem, was dir Angst einjagte. Es hat mich fast wahnsinnig gemacht, nicht zu wissen, wo du warst und ob du herfinden würdest. Also blieb ich in der Nähe. Rannte wie ein Wahnsinniger durch den Wald – bis ich im wahrsten Sinne des Wortes plötzlich über dich gestolpert bin.«

Turak sah mir unverwandt in die Augen, während in meinem Kopf ein kleines Feuerwerk explodierte und jede einzelne Rakete funkelnd seinen Namen in die Luft sprühte.

»Es schneite heftig, und du lagst mitten auf dem Weg. Leichenblass. Dein rechter Ärmel klaffte um einen tiefen Biss in der Schulter. Für einen schrecklichen Moment dachte ich, du seist tot.«

Die letzte Rakete erlosch leise zischend.

»Doch als ich mich über dich beugte, streifte dein Atem meinen Hals, und die blutig roten Wundränder färbten sich silbern. Du warst am Leben. Mehr noch, der Biss heilte.«

Ich musste an meinen Sturz auf dem See denken. Daran, wie meine blutenden Knie innerhalb von Sekunden Vergangenheit waren.

»Ist das so eine Art Elfensuperkraft?«, fragte ich. »Das Wunden sich einfach von alleine schließen?«

Turak schmunzelte. »Elfensuperkraft? Nette Ausdrucksweise. Aber mal im Ernst: ja, so was in der Art. Unsere Wunden schließen sich normalerweise ziemlich schnell.«

Ich betrachtete skeptisch das silbrige Narbengewebe auf meiner Schulter. Turak folgte meinem Blick.

»Das ist mehr als ein Wunder. Normalerweise heilen Wolfsbisse nicht. Deswegen ist es so schlimm, dass Ekrasit die Wölfe auf seine Seite gezogen hat.«

Ich nickte.

»Keine Ahnung, wie, aber es war ein genialer Schachzug. Skrupellos, aber genial, denn seitdem verlieren wir viele Krieger. Die Bisswunden schließen sich nicht, und wir können sie nicht heilen. Wer von einem Wolf gebissen wurde, stirbt und das meistens ziemlich schnell. Ehrlich gesagt habe ich keine Ahnung, warum du noch am Leben bist.«

Das fragte ich mich auch, aber da war noch etwas. »Sind alle eure gefallenen Krieger an Wolfsbissen gestorben?«

Turaks Augen weiteten sich entsetzt. »Im Namen des Schnees, nein«, keuchte er. »Wie kommst du denn darauf?«

»Wenn eure Wunden sich praktisch sofort wieder schließen, wie könnt ihr euch dann gegenseitig töten?«

Turaks Gesicht hellte sich auf und verdunkelte sich gleich wieder. »Die Waffen, mit denen wir kämpfen, sind speziell beschichtet. Unsere körpereigenen Heilkräfte versagen daran. Wird die Wunde nicht rechtzeitig behandelt, sterben wir genauso schnell, wie jeder menschliche Soldat seinen Verletzungen erliegt.«

Turak machte sich von mir los und begann, wieder vor der Wand auf und ab zu laufen. Eine Weile war außer seinen nervösen Stiefeltritten und dem Wind, der um die Hütte pfiff, nichts zu hören, bis ich mich zögernd entschloss, das zu ändern.

»Und jetzt?«, fragte ich vorsichtig.

Turak blieb abrupt stehen, verschränkte die Arme hinter dem Kopf und schaute mich an. »Jetzt«, sagte er angespannt, »musst du dich entscheiden.« In seinen Augen flackerte es. »Gehen oder bleiben. Du hast die Wahl.«

Ich hatte die Wahl bereits getroffen. Ich musste nicht mehr darüber nachdenken. Musste nicht mehr darüber nachdenken, weil ich mich schon längst entschieden hatte. Schon als das Turak-Feuerwerk in meinem Kopf explodiert war, hatte ich gewusst, wie meine Antwort ausfallen würde.

»Ich bleibe«, sagte ich entschlossen.

Turak ließ langsam die Arme sinken. Machte einen stolpernden Schritt auf mich zu. Verharrte. Starrte mich an. Und dann, ganz langsam, verzog sich sein Mund zu einem breiten Lächeln.

9

Wir hatten keine Zeit zu verlieren. Turak wollte den Schutz der Dunkelheit nutzen, um vom Feind unentdeckt zum Schneepalast zu kommen. Zwar hatte er kein Problem damit, mich im Falle eines Angriffs zu verteidigen. Falls wir jedoch würden flüchten müssen, würde es eng werden, denn ich war noch nicht mal wieder stark genug, aus eigener Kraft zu gehen – geschweige denn in schnellem Tempo zu laufen.

Als wir die Hütte verließen, war es schätzungsweise zwei Stunden nach Mitternacht. Ich trug Turaks Mantel. Nicht der Kälte wegen, wie mir jetzt klarwurde, sondern zur Tarnung. Aus der Ferne würde es so beinahe wirken, als hätte er sich das Kleidungsstück lediglich über die Schultern geworfen. Denn neben seiner großen kräftigen Gestalt fiel die meine nicht mehr nennenswert ins Gewicht.

Obwohl Turak mir den Arm fest um die Hüfte geschlungen hatte und mich mehr neben sich hertrug, als dass er mich stützte, war das Gehen unglaublich anstrengend. Ich war vollauf damit beschäftigt, einen Fuß vor den anderen zu setzen, während Turak hochkonzentriert zu sein schien. Die Stille um uns war fast greifbar, und doch zuckten seine Ohren nervös, bereit, jedes noch so kleine Geräusch wahrzunehmen. Ich hörte nichts als den Wind, der mir den Mantel peitschend um die Knöchel schlug. Das Geräusch ließ meine Nerven flattern. Ich fühlte mich, als befänden wir uns in der sprichwörtlichen Ruhe vor dem Sturm, und hatte das große Bedürfnis, etwas zu sagen, einfach um der Ruhe den Garaus zu machen und dem Sturm den Wind aus den Segeln zu nehmen. Obwohl ich wusste, dass es albern, ziemlich wahrscheinlich sogar falsch, ja dumm war, gab ich diesem Bedürfnis nach.

»Turak?«, flüsterte ich vorsichtig, unsicher, wie er reagieren würde. Weil nichts passierte, rechnete ich schon fast nicht mehr mit einer Antwort, als schließlich doch eine kam.

»Ja?« Seine Stimme war nur ein Raunen, klang aber nicht unwirsch.

Dadurch ermutigt flüsterte ich weiter. »Dein Mantel.« Weiter kam ich nicht.

»Dir ist kalt«, stellte er fest. »Ich weiß, dass er dir zu groß ist, aber wenn schon nicht gegen die Kälte, so schützt er dich doch zumindest ein wenig vor Gefahr. Sobald wir im Schloss sind, wirst du nicht mehr frieren –, das verspreche ich dir.«

Ich schüttelte den Kopf. »Nein«, wisperte ich leise. »Mir ist nicht kalt. Schon eine ganze Weile nicht mehr. Es fühlt sich an, als bestünde um mich herum eine Art Schutzwall, der die Kälte einfach abprallen lässt. Ist das bei dir auch so? Ich meine, ist das so bei euch Elfen?«

Turak warf mir von der Seite einen überraschten Blick zu. »Ja, das ist so bei *uns* Elfen, Sira. Ich hätte nicht gedacht, dass du schon so weit bist, Kälte zu blocken. Die Elfe in dir muss stark sein.«

Täuschte ich mich oder schwang da tatsächlich eine Spur Stolz in seiner Stimme?

»Und was ist mit Wärme?«, flüsterte ich fragend. »Blocken *wir* die auch?«

Turaks Körper versteifte sich merklich. »Wenn man es genau nimmt, blocken wir die Kälte gar nicht wirklich. Wir sind Schneeelfen. Unsere Körpertemperatur hat nie mehr als null Grad Celsius. Durchschnitt sind so um die zehn, fünfzehn Grad im Minusbereich. Bei mir sind es siebzehn. Wir *spüren* die Kälte so einfach nicht. Wärme hingegen«, tatsächlich schüttelte es Turak unbehaglich, als er das Wort in den Mund nahm, »ist extrem unangenehm. Richtige Hitze kann uns sogar umbringen. Aber wie kommst du da jetzt überhaupt drauf?«

»Ich hab mich in meiner alten Welt – na ja – irgendwie an meiner Jacke verbrannt«, erinnerte ich mich schaudernd.

Turak erstarrte. »Aus welchem Material bestand diese Jacke?«

Ich dachte nach. »Aus Polyester, glaube ich. Es war eine Steppjacke.«

Turak sog scharf die Luft ein. »Mach das nie wieder, hörst du?!« Er klang richtig wütend, und ich war irritiert. Was *hatte* ich denn getan?

»Zieh nie wieder etwas aus Kunstfaser an. Verstanden?!«

Jetzt reichte es mir aber. »Könntest du mir vielleicht mal erklären, warum du mich so anfährst?«, fauchte ich.

Turak bedachte mich mit einem grimmigen Blick. »Weil du buchstäblich hättest in Flammen aufgehen können. Deshalb. Wenn unsere Haut mit diesen künstlich hergestellten Menschenstoffen in Verbindung kommt – ist das – extrem schlecht.«

Künstlich hergestellte Menschenstoffe? Was sollte das denn jetzt? »Turak, ich *trage* diese Stoffe auch jetzt.«

»Du tust bitte was?!« Er blieb abrupt stehen, hielt mich ein paar Zentimeter von sich weg, packte mich unsanft an den Armen und starrte mich mit funkelnden Augen an.

»Ich trage Stretchjeans. Mein Shirt besteht zur Hälfte aus Elastan«, funkelte ich empört zurück. »Und gehe ich deswegen etwa in Flammen auf? Nein, das tue ich nicht.«

Turak schüttelte ungläubig den Kopf. In seinen Augen stand immer noch das blanke Entsetzen. »Das muss daran liegen, dass du noch nicht vollständig verwandelt bist.« Er hielt inne und legte die Stirn in Falten. »Diese Jacke war dir bereits zu heiß. Anscheinend kommst du mit weniger wärmenden Stoffen noch klar. Vorläufig jedenfalls. Sobald deine Körpertemperatur weiter sinkt, könnte sich das ändern.«

Er sah aus, als hätte er mir am liebsten seinen Mantel von den Schultern gerissen und mich gebeten, meine Sachen sofort auszuziehen. In seinen Augen entdeckte ich etwas, das verdächtig nach Angst aussah. Angst um mich, was mich augenblicklich besänftigte.

Und dann ging plötzlich ein Ruck durch seinen Körper. Turak schlang mir von hinten die Arme um die Mitte und zog mich derart heftig an sich, dass mir für einen Moment fast die Luft wegblieb. Sein fester Griff hinderte mich daran, seinem Blick zu folgen, aber wenn ich nicht irrte, war er auf einen Fleck irgendwo vor uns in der Dunkelheit gerichtet. Ich starrte angestrengt, konnte aber nichts entdecken. Turak schob mich langsam vor sich her, bis er etwa zwei Meter weiter erneut stehen blieb. Und dann sah ich sie. Direkt zu meinen Füßen im Schnee. Pfotenabdrücke. Große Pfotenabdrücke, um genau zu sein. Wolfsspuren.

Unnötig zu erwähnen, dass mir bei diesem Anblick angst und bange wurde.

»Ich kann sie riechen«, flüsterte Turak. »Und wenn ich das kann, können sie das zehnmal besser. Sie müssen unsere Witterung längst aufgenommen haben. Keine Ahnung, warum sie nicht angreifen.«

Ich biss mir schuldbewusst auf die Lippen. Wenn ich Turak nicht so abgelenkt hätte ..., andererseits ..., er hätte schließlich nicht auf mich eingehen müssen, dachte ich zunehmend trotziger. Doch darüber nachzudenken, wer hier wen abgelenkt hatte oder nicht, brachte uns jetzt auch nichts.

»Wir müssen von hier verschwinden«, zischte Turak. »Und zwar schnell.« Kaum dass die Worte seinen Mund verlassen hatten, hob er mich hoch und rannte los.

Ich hatte Angst. Meine Finger umklammerten krampfartig Turaks Arme, die sich viel kälter anfühlten als meine und es mit Sicherheit auch waren. Minus siebzehn Grad hatte er gesagt. Eisig kalt. Auf mich jedoch übte diese Kälte eine seltsam beruhigende Wirkung aus.

Turak wurde immer schneller, und mein Herz raste mit. War da nicht schon das leise Trappeln von Pfoten hinter uns? Spürte ich nicht bereits den heißen Atem der Tiere im Nacken? Doch nichts passierte. Nach einer Ewigkeit, wie mir schien, wurde Turak endlich langsamer. Als ich den Blick hob, konnte ich die Umrisse eines gigantischen Schlosses in der Dunkelheit ausmachen, die immer mehr an Kontur gewannen, je näher wir unserem Ziel kamen. Als Turak schließlich schweratmend stehen blieb, befanden wir uns unmittelbar vor einer massiven Steinbrücke, die über eine tiefe Schlucht hinweg führte und vor einer hohen Steinmauer endete. Als er jedoch Anstalten machte, die Schlucht zu überqueren, stemmte ich mich entschlossen gegen ihn.

»Stopp«, befahl ich.

Turak blieb abrupt stehen. »Was ist los?«, fragte er alarmiert.

»Lass mich runter«, sagte ich bestimmt.

»Und wieso sollte ich das tun? Wir haben's eilig. Schon vergessen?« Da lag eine Spur Ungeduld in seiner Stimme.

»Weil«, ich zögerte kurz, redete dann aber trotzig

weiter. »Weil ich nicht wie ein nasser Sack von dir da reingetragen werden will. Deshalb.«

Er zog amüsiert eine Augenbraue hoch, ließ mich dann aber behutsam neben sich auf den Boden gleiten. »Wenn du erlaubst«, spöttelte er, wartete meine Antwort aber gar nicht erst ab, legte mir vielmehr bestimmt seinen Arm um die Hüfte und zog mich neben sich her in Richtung Brücke.

10

Obwohl Turak mich schon wieder mehr trug als stützte, strengten mich die paar Schritte über die Schlucht ziemlich an. Doch jetzt standen wir direkt vor der Steinmauer. Von einem Tor oder so was in der Art, durch das wir hätten passieren können, keine Spur. Turak verstärkte den Druck seines Arms um meine Hüfte, während er den anderen hob und seine Hand fest auf den glatten Stein presste. Es passierte überhaupt nichts. Wir standen einfach nur wie die Idioten vor dieser Mauer und starrten den Stein an – die Situation hatte schon fast etwas Komisches. Als ich gerade den Mund aufmachte, um zu fragen, worauf genau wir eigentlich warteten, setzte sich ein Teil der Mauer mit einem laut schabenden Geräusch plötzlich in Bewegung. Ich machte große Augen.

»Nach dir«, flüsterte Turak und schob mich vor sich her durch die Öffnung. Kaum dass wir drinnen waren, glitt der Stein schleifend an seinen angestammten Platz zurück und verschmolz geradezu lückenlos mit dem Rest der Mauer. Turak lehnte mich dagegen, beugte sich leicht nach vorne, stützte beide Arme auf seine Oberschenkel und ließ den Kopf erschöpft nach unten fallen. »Weißt du eigentlich, wie verdammt knapp das war?«, fragte er schaudernd, schüttelte sich und dann, als fiele alle Anspannung mit einem Schlag von ihm ab, lachte er aus vollem Hals. Es war ein befreites, erleichtertes, warmes Lachen und ziemlich ansteckend.

»Was war das eben?«, fragte ich atemlos.

»Was?« Turak schnappte nach Luft.

»Das mit der Mauer. Sesam öffne dich, oder wie?«

Er lächelte. »So ähnlich, ja. Jeder Elf, der Zutritt zum Schloss haben soll, wird von dem Stein erkannt. Er ist magisch und unterscheidet durch die bloße Berührung einer Hand zwischen Freund und Feind.«

»Verstehe. Wer als Freund identifiziert wird, dem wird Einlass gewährt, und wer Feind ist …«

»… sollte zusehen, dass er so schnell wie möglich Land gewinnt«, ergänzte Turak.

»Wir spüren, wenn jemand abgewiesen wird, und im Herausfinden warum, sind wir nicht gerade zimperlich.«

Mir stand der Sinn nicht danach, mir auszumalen, was genau Turak damit meinte, und so wandte ich meine Aufmerksamkeit erstmals dem Schloss zu, das vor uns in den Nachthimmel ragte. Es ähnelte einem aus einem Iglu herausgeschnittenen überdimensionalen Schneequadrat mit Zinnen an der oberen Kante. Tatsächlich jedoch war es keineswegs aus Schnee – es war von oben bis unten aus geheimnisvoll schimmerndem Kristall. Beeindruckt machte ich einen Schritt nach vorne. Und dann noch einen und dann … knickten mir einfach die Beine weg. Ich wäre mit Sicherheit gestürzt, hätte Turak mich nicht im letzten Moment am Arm gepackt.

»Lass uns reingehen, Sira. Du bist erschöpft, müde, und wir stehen schon viel zu lange hier draußen rum.«

Ich wollte protestieren, aber …

»Keine Widerrede.« Turak hob mich mit einem einzigen Ruck hoch, trug mich über den Innenhof, umrundete das Schloss rechtswendig und betrat schließlich durch eine Art Hintereingang den Palast. Kaum dass die Tür mit leisem Nachhall hinter uns zugefallen war, machte sich ein Gefühl in mir breit, das Angst sehr nahe kam, doch wohl eher Beklommenheit war. Ganz gleich, was jetzt kommen würde – ich musste es akzeptieren.

Turak drückte mich fester an sich. Er roch nach Schnee, Wald und Wind. Konnte man Wind überhaupt riechen? Unwichtig. In diesem Moment zählte nur eins:

Er war bei mir, hielt mich in seinen Armen, vermittelte mir ein Gefühl von Geborgenheit, beschützte mich. Mir konnte nichts passieren. Diese Erkenntnis war überwältigend. ER war überwältigend. Turak. Sein Name pulste durch mein Blut, bahnte sich seinen Weg durch meinen Körper, füllte jede einzelne meiner Zellen vollständig aus. Turak. Turak. Turak. Mein Herz schlug im Takt seines Namens. Jeder Winkel meines Bewusstseins war ganz von ihm eingenommen. Was war das? Was war mit mir los?

Turak schien es zu wissen, stockte, verlangsamte seinen Schritt, blieb stehen. Er fluchte leise, bevor er in die Knie ging, mich sanft auf den Boden legte und sich über mich beugte. Sein schwarzer Blick bohrte sich in meinen, versank immer weiter darin. Seine Hände schoben sich unter meinen Kopf, hoben ihn sachte an und vergruben sich in meinen Haaren. Ich brannte. Brannte, während sein Mund sich langsam an meinem Hals nach oben küsste. Brannte, als seine Nase meine Wangen streifte. Brannte, als seine Lippen die meinen berührten. Brannte lichterloh. Turak schob sich über mich. Sein Gewicht lastete auf meinen Beckenknochen, während seine Zunge fordernd meine Lippen aufzwang. Und dann … Es war, als hätte jemand in meinem Innern einen Eimer eiskalten Wassers verschüttet. Ich fiel.

Fiel in rabenschwarze Dunkelheit. Fiel und wehrte mich erbittert. Ich wollte nicht, wollte hier bleiben. Hier bei Turak, doch es half nichts. Ich hatte keine Chance. Mit einem Gischt spritzenden Rauschen schlug eine eisige Woge über mir zusammen und löschte mich einfach aus. Mich und alles, was ich wollte.

Als ich die Augen wieder aufschlug, lag ich in eine dicke Decke gewickelt ausgestreckt auf einem Bett. Turak saß neben mir und starrte unverwandt auf einen Fleck an der Wand.

»Turak?«, fragte ich vorsichtig, doch er zuckte zusammen, als hätte ich ihn geschlagen.

»Sira«, sagte er tonlos. In seiner Miene lag purer Schmerz. Was war passiert? Was war nur passiert, dass er mich so anschaute?

»Ich bin ein Idiot. So ein verdammter Idiot! Das hätte nicht passieren dürfen. Nie!«

Ich verstand überhaupt nichts.

»Ich hab einfach die Kontrolle verloren!« Er fuhr sich mit den Händen wild durch die Haare. »Wie fühlst du dich?«, fragte er gequält.

Was war nur los? Ich wollte das nicht. Wollte nicht, dass er so war.

»Mir ist kalt«, antwortete ich verwirrt. Falsche Antwort. Turak sah jetzt aus, als hätte er seinen Kopf liebend gern mit aller Kraft gegen die Wand gedonnert.

»Nur ein bisschen«, fügte ich schnell hinzu.

Turak schnaubte. »Nur ein bisschen, ja? Lüg mich nicht an, Sira. Ich habe einen Riesenfehler gemacht. Dir muss verflucht kalt sein!« Seine Stimme bebte, und mir brach es fast das Herz. Die Kälte in meinem Körper war nichts im Vergleich zu dem Schmerz, den Turak mir zufügte, indem er so litt – meinetwegen.

»Es tut mir leid, Sira. Wahnsinnig leid. Das war alles mein Fehler. Ich hätte – es wissen müssen.«

Was war sein Fehler? Zur Hölle nochmal, ich musste mich erinnern! »Dieser Kuss …«

Jetzt kam alles zurück. Sein Kuss: unendlich schön, wahnsinnig sinnlich, total elektrisierend.

»Das ist alles meine Schuld! Kälte! Sag mir jetzt nicht, dass du sie nicht empfunden, dass sie dich nicht betäubt, dich nicht mitgerissen hat!« Seine Nasenflügel bebten.

Ach ja, die Kälte. »Doch schon, aber …«

»Kein aber! Ich hätte dich umbringen können, verdammt!« Turak schüttelte den Kopf.

»Du verstehst es nicht, oder?! – Natürlich nicht. Wie solltest du auch?«, stieß er bitter hervor. »Mein Atem. Er ist zu kalt für dich. Das verkraftest du nicht, und ganz gleich, wie weit die Verwandlung schon fortgeschritten sein mag – du bist einfach noch keine richtige Elfe! Ich wusste das, aber als ich dich in meinen Armen hielt, ist es einfach mit mir durchgegangen, und wenn du nicht auf einmal ganz schlaff geworden wärst, hätte ich es noch nicht mal bemerkt!«

Ich schloss die Augen. Wollte, dass er aufhörte. Wollte, dass er aufhörte, sich so fertigzumachen – mich so fertigzumachen, denn sein Schmerz war mein Schmerz. Ich ertrug das nicht länger!

»STOPP! Hör auf! Hör sofort auf damit! Du hast mich nicht gezwungen, dich zu küssen – ich war mehr als einverstanden.«

Er wollte widersprechen. Doch ich schüttelte vehement den Kopf.

»Nein! Du hörst mir jetzt zu. Diese Kälte war schrecklich. Ich hatte Angst. Mir war kalt. Mir ist kalt. Aber ich lebe. Ich bin hier. Bei dir. Das ist alles, was zählt. Alles, was mir wichtig ist. Ich kenne dich erst seit knapp vierundzwanzig Stunden, doch seit ich dein Gesicht auf dem Eis habe auftauchen sehen, ist da dieses Gefühl in mir. Es fühlt sich an, als hätte ich dich schon immer gekannt. Es fühlt sich an, als wärst du mir mein ganzes Leben lang immer wichtiger geworden. Es fühlt sich an, als könnte ich ohne dich nicht mehr atmen.

Dieser Kuss war das absolut Beste, das mir jemals passiert ist. Es war wie Luft holen, wie endlich aufwachen, wie fliegen. Ich liebe dich, Turak – bitte lass mich nicht abstürzen.«

Meine Brust hob und senkte sich unter heftigen Atemzügen. Ich fühlte mich, als hätte ich einen Zweikilometersprint hinter mir und wüsste noch nicht, wie das Rennen gelaufen war. Hatte ich gewonnen – oder verloren? Etwas anderes gab es nicht. Alles oder nichts. Sieg oder Niederlage.

Turak saß da wie vom Donner gerührt, wirkte wie elektrostatisch aufgeladen. In seinen Augen zuckten Blitze, die sein ganzes Gesicht erst erhellten und dann in Schatten tauchten. Er kämpfte. Kämpfte gegen sich selbst. Emotionen prallten aufeinander. Gefühle rannten sich über den Haufen. Wut explodierte mit einem gewaltigen Donnerschlag. Es regnete, schneite, hagelte: Selbstvorwürfe, Angst, Verzweiflung, und ich war mitten drin. Ich war der Wind. Ich war der Wind, der jaulend peitschte, der alles entscheiden würde, der aufheulte und versuchte, mit nur einem Satz alles Dunkel beiseite zu fegen. Mit nur einem Satz, der einzig aus drei Worten bestand: Ich liebe dich.

Turak sprang auf und begann wie rasend vor dem Bett auf und ab zu laufen, war Jäger und Gejagter, Suchender und Gesuchter. Blieb abrupt stehen. Fixierte mich. Machte einen nervösen Schritt auf mich zu, nur um dann wieder innezuhalten. Ich streckte die Hand aus. Alles in mir flehte, hoffte, schrie, rief seinen Namen, versuchte zu ihm durchzudringen.

Und dann war er plötzlich neben mir. Das Bett schaukelte unter seinem Gewicht wie ein Boot in Seenot. Er griff nach meiner Hand und umschloss sie fest mit der seinen. Sein kalter Atem streifte mein Ohr, als er sich zu mir herunterbeugte und seine Stimme zu Wind wurde. »Beim Schnee, Sira – du weißt ja gar nicht, was du dir da einhandelst.«

»Doch«, flüsterte ich atemlos, während mir eine seiner schwarzen Locken in die Stirn fiel. »Dich.«

Turak lachte leise. »*Fentar te ikom*«, hauchte er. »Das ist das Einzige, was ich zu meiner Verteidigung sagen kann: *Ich liebe dich.*«

Ich taute auf. Die Kälte verschwand. Ich war zu Hause.

11

Wir saßen einfach da und hielten uns fest. Lange. Doch irgendwann drängten sich mir Fragen ins Bewusstsein. Fragen, die ich nicht länger ignorieren konnte. Fragen, die beständig gegen meine Stirn pochten: Was war das hier für ein Raum? Hatte Turak schon mit jemandem gesprochen, seitdem wir im Schloss waren? Mit seinem Vater? Mit einem seiner Brüder? Wussten sie, dass ich da war? Und vor allem: Wo war meine Kleidung hin verschwunden?! Er hatte doch nicht etwa –

»Turak?«

»Hmm.«

»Mir ist jetzt nicht mehr kalt. Könntest du mich mal eben aus dieser Decke befreien?«

Er setzte sich kerzengerade auf. »Das geht nicht.«

»Ach nein?«, fragte ich unschuldig. »Und warum nicht?«

»Weil …, weil …«

»Ja?«

»Weil … du nichts anhast«, sagte er mit zusammengebissenen Zähnen.

Ich riss in gespieltem Entsetzen die Augen auf. »Was du nicht sagst! Wie konnte das denn passieren?!«

»Ach hör schon auf, Sira.« Turaks Schläfen färbten sich zart rot. »Du hattest immer noch diese Menschenkleidung an, und weil ich dich sowieso ins Bett verfrachten musste – na ja, da dachte ich eben: Sicher ist sicher.«

Sein Gesichtsausdruck war zum Schießen.

»Ich hab nicht hingeschaut. Na ja – nicht richtig jedenfalls.«

»Soso!« Ich verdrehte amüsiert die Augen.

»Ehrlich nicht!«, empörte Turak sich. »Ich hatte es ziemlich eilig, dich in diese Decke zu packen, das kannst du mir glauben!«

»Mir ist trotzdem heiß.« Ich grinste frech. Sollte er ruhig zusehen, wie er aus dieser Nummer jetzt wieder rauskam.

»Warte.« Zu meiner Überraschung stand er auf, eilte zu einem Schrank auf der gegenüberliegenden Seite des Raums und kam kurz darauf mit etwas zurück, das verdächtig nach Männerkleidung aussah.

»Und was soll ich damit?«

»Anziehen«, erwiderte Turak mit einem listigen Funkeln in den Augen. »Was anderes war nicht da.«

Also das war doch ... »Gib mir sofort meine Jeans zurück!«, fauchte ich.

»Nein. Das –«, er hielt grinsend die Kleidung nach oben, »oder gar nichts. Du hast die Wahl.«

So schnell konnte sich das Blatt wenden. Dieser Mistkerl! Ich grummelte ärgerlich vor mich hin, während ich Turak die Sachen aus den Händen riss und damit unter der Decke verschwand.

Als ich eine Minute später wieder auftauchte, lehnte er lässig mit dem Rücken am Bettpfosten – immer noch grinsend. Und sein Grinsen wurde noch ein ganzes Stück breiter, als er mich sah.

Ich steckte in mindestens drei Nummern zu großen schwarzen Stoffhosen und einem Hemd mit Pluderärmeln, das mich fast verschluckte.

»Schick«, frotzelte Turak. »Wirklich schick.«

Idiot. Ich kickte mit dem Fuß die Decke vom Bett, verschränkte demonstrativ die Arme vor der Brust und zuckte mit einem fauchenden Zischen zusammen.

»Was ist los?!« Turak stieß sich alarmiert vom Bettpfosten ab, ging in die Knie und sah mir besorgt in die Augen.

»Schulter«, erwiderte ich kommentarlos, worauf Turak kurzentschlossen meinen rechten Arm packte und dessen Hemdsärmel von der Naht bis nach unten aufriss.

»Das gibt's nicht«, murmelte er ungläubig, während er mit den Fingern über meine Haut strich. »Verheilt. Da ist nichts mehr zu sehen, überhaupt nichts.«

Was sagte er da?

»Die Narben sind weg.« Er sah auf. »Du bist ein elfenbiologisches Wunder. So etwas hab ich noch nie gesehen.«

Ich war gerade dabei, mich zu fragen, ob das jetzt ein Grund war, sich geschmeichelt zu fühlen oder nicht, als über uns ein gedämpftes Poltern ertönte. Aha – Frage Nummer drei: »Wissen sie, dass ich hier bin?«

»Ich denke nicht.« Turak stützte die Ellenbogen auf die Matratze. »Sonst wär hier schon längst jemand aufgekreuzt –, aber dass ich hier bin, wissen sie bestimmt.«

»Wie das?«

»Wir können einander spüren«, erklärte er. »Ich weiß genau, wer von meinen Leuten sich gerade im Schloss aufhält und wer nicht – umgekehrt ist das genauso.«

»Und?«

»Arkor und Elar sind da, Larsk nicht.« Er verstummte und musterte mich prüfend.

Ich nickte. »Gehen wir.«

Der Klang unserer Schritte wurde vollständig von schwarzem Teppichboden geschluckt. Wir folgten einem langen Gang, von dessen nachtdunklen Wänden sich silbergerahmte Schneelandschaften kontrastreich abhoben. Jedes der großflächigen Gemälde wirkte in seiner Perfektion täuschend echt – der Gesamteindruck war geradezu überwältigend. Noch überwältigender jedoch war, dass die komplette Farbgebung sich in ihr genaues Gegenteil verwandelte, als wir in einen Korridor zu unserer Rechten abbogen. Hier zierten schwarze, linear im immer gleichen Abstand angeordnete Runenzeichen schneeweiße Wände, die nach unten unaufdringlich in weißen Marmorboden übergingen, bis unser Weg vor einer ebenfalls weißen Tür mit schwarzem Eisenring endete. Turak ergriff meine Hand, drückte sie ermutigend, klopfte mit der anderen zweimal und zog mich umstandslos mit sich, nachdem eine energische Stimme postwendend: »Komm rein!« gerufen hatte. In der Raummitte stand ein schwarzer Marmortisch, hinter dem sich ein hochkonzentriert wirkender Elf tief über eine Karte mit so gewaltigen Ausmaßen beugte, dass sie links und rechts über die Tischkanten ragte. »Moment noch«, murmelte er geistesabwesend, während er mit einer spitzen Feder irgendwas im oberen Drittel des Schriftstücks vermerkte, dann jedoch mitten in der Bewegung innehielt und sich abrupt aufrichtete. Mich traf ein stechender Blick aus stahlgrauen Augen. »Das gibt's doch nicht!«, donnerte der Elf, knallte die Feder auf den Tisch und stürmte auf uns zu. »Sira?! Im Namen des Schnees – du siehst genauso aus wie Deron! Gott, bin ich froh, dass du endlich da bist!« Er musterte mich prüfend von oben bis unten. »Und das keine Sekunde zu früh, wie's aussieht.« Sein Blick blieb an meinen immer noch fest mit Turaks verschränkten Fingern hängen. »Bedeutet es das, was ich denke, dass es bedeutet?«, fragte er sich lächelnd seinem Sohn zuwendend.

Turak nickte. »Das Band besteht, seit ich ihr Gesicht auf der Oberfläche des Eissees gesehen habe.«

Ich stieg aus. Dass der ältere Elf kein anderer als König Arkor war, hatte ich inzwischen begriffen, aber von was redeten die beiden da eigentlich?

»Ich kann ihren Schmerz spüren, Vater. Ich kann spüren, wenn sie traurig ist. Und sie«, er hielt inne und sah mich an »kann es auch.«

Ich erwiderte seinen Blick. Das also war das ominöse Band? Ich begann zu verstehen.

Arkor schüttelte den Kopf. »Wisst ihr eigentlich, wie selten das ist? Selbst unter reinblütigen Elfen kommt so etwas kaum vor: die Schmerzen des anderen spüren zu können; zu wissen, wann der Partner besonders glücklich ist – das ist etwas Außergewöhnliches.«

»Dennoch hätte ich sie fast umgebracht«, sagte Turak bitter, ergriff die ausgestreckte Hand seines Vaters und erwiderte dessen seltsam hypnotischen Blick.

Was war das jetzt wieder? Eine Art stille Gedankenübertragung? Offensichtlich ja – anders waren Arkors nächste Worte beim besten Willen nicht zu erklären.

»Sie war nie ernsthaft in Gefahr, Turak. Sira ist schon viel zu sehr eine von uns, als dass du ihr wirklich hättest schaden können. Trotzdem«, fuhr er fort, »solltet ihr vielleicht warten, bis die Verwandlung vollständig abgeschlossen ist, denn dann«, er wandte sich mir grinsend zu, »wird dich ein Kuss meines Sohnes auch nicht mehr gleich das Bewusstsein kosten.«

Ich spürte, wie mir die Röte ins Gesicht schoss, während Turak verlegen mit dem Fuß auf dem Boden scharrte, alles in allem jedoch ziemlich erleichtert wirkte. Ich hingegen machte mir Sorgen. Was, wenn ich mich gar nicht vollständig verwandeln würde? Was, wenn ich …

Turak runzelte die Stirn. »Das wird nicht passieren, Sira.«

Arkor sah fragend von einem zum anderen. »Was wird nicht passieren?«

Turak seufzte. »Sie hat Angst, dass ihre Verwandlung in diesem Stadium verharrt und …«

»Und woher weiß sie, dass das theoretisch möglich ist?«, unterbrach Arkor ihn und klang dabei fast eine Spur verärgert.

»Sie hatte ein Recht darauf, es zu erfahren!«, empörte sich Turak. »Dinge von solchem Ausmaß zu verschweigen, käme einer Lüge gleich – und ich lüge nicht, wenn es sich vermeiden lässt!«

Arkor hob beschwichtigend die Hände. »Schon gut, ich weiß – und prinzipiell stimme ich vollkommen mit dir überein, Turak, aber in diesem speziellen Fall …« Er wandte sich mir zu: »Mach dir keine Sorgen, Sira«, sagte er und sah mir dabei fest in die Augen. »Turak hat recht: Das wird nicht passieren. Ich weiß nicht, ob es in einer Woche geschieht oder in zwei Monaten, aber früher oder später bist du komplett – so wahr du Derons Tochter bist.«

Ich nickte. Auch wenn das meine Befürchtungen nicht vollständig aus der Welt räumte, war das doch genau das, was ich hatte hören wollen, und so beschloss ich einfach, so fest daran zu glauben, dass es sich bewahrheiten musste.

»Was ist das?« Turak stand neben dem Marmortisch und deutete auf die riesige Karte.

Arkor drehte sich um. »Das«, sagte er mit schwerer Stimme, »ist ein Plan der Krisengebiete. Die Zahlen in den entsprechenden Quadranten verzeichnen die Zahl der Krieger, die wir bereits ans Eis verloren haben.« Er seufzte. »Das ist, verdammt nochmal, der schlimmste Krieg, den unser Volk je erlebt hat! Aber«, er ballte die Hände zu Fäusten, »wir werden weiterkämpfen und, so Ligranum will, auch gewinnen! Wir müssen einfach!«

»Wer ist Ligranum?« Arkor sah mich an, als hätte ich gefragt, warum Schnee kalt ist.

Turak ergriff das Wort. »Ligranum war der erste und einzige Elfenkönig, unter dem wir friedlich und als Einheit zusammengelebt haben. Nach seinem Tod zersplitterte das Land in die Regionen nördlich und südlich der ewigen Schlucht – in Eis- und Schneeland. Seither gilt er als eine Art Schutzpatron in Kriegszeiten. Wenn es eng wird, ist es sein Geist, den wir um Beistand für ein baldiges Ende der Schlacht anrufen – und da es ein geradezu seliger Wunsch wäre, sich eine Wiedervereinigung des Elfenvolkes zu wünschen, bitten wir für den Sieg unserer Seite.«

Arkor nickte. »So ist es. Bei uns saugt jedes Elfenkind seinen Namen praktisch mit der Muttermilch auf. Du kannst dir gar nicht vorstellen, wie seltsam es ist, auf eine erwachsene Elfe – oder zumindest auf ein Mädchen, das schon beinahe so aussieht wie eine von uns – zu treffen, der sein Name nichts sagt – schon gar nicht, wenn sie die Tochter eines Elfen ist, der ein begnadeter Kämpfer war. Jeder Elf hat eine Bestimmung – besondere, für sich ganz wundervolle Fähigkeiten –, aber Deron war schon fast ein Gott der Waffen.«

»Bestimmung?« Was meinte er damit?

»Jeder von uns entwickelt bis zum Erwachsenenstadium andere – nun, nennen wir es Gaben«, erklärte mir Turak dieses weitere Stück Elfennatur. »Deron war ein Kämpfer – genau wie meine Brüder und ich welche sind. Mein Vater hingegen«, er gestikulierte in Arkors Richtung, »ist ein Empath.«

Ich stöhnte innerlich. Musste denn hinter jedem zweiten Wort ein Fragezeichen stehen?

Turak lächelte mitfühlend. »Die übernatürliche Empathie ist die Fähigkeit, Stimmungen und Gefühle zu erspüren. Das kann sehr hilfreich sein, denn Elfen mit diesen Fähigkeiten sind hervorragende Zuhörer, die immer verstehen, was ihr Gegenüber bewegt. Sie sind in der Lage, Kummer im Keim zu ersticken und Gefühle in andere, für den Betroffenen bessere Bahnen zu lenken. Ganz gleich, ob es sich um Angst, Verzweiflung, Hass, Eifersucht, Neid oder etwas anderes handelt.«

Das war in der Tat praktisch, aber – »Kann das nicht auch ziemlich gefährlich sein?«, fragte ich zweifelnd. »Was passiert denn zum Beispiel, wenn sie Elfen mutwillig in die falsche Richtung lenken?«

Arkor lächelte traurig. »Das ist momentan unser Hauptproblem, denn genau das tut Ekrasit. Er manipuliert seine Krieger im negativen Sinne – sie haben jede Hemmschwelle verloren. Normalerweise trägt jeder Kämpfer, trotz aller Härte, ein gewisses Maß an Ehrgefühl in sich, das es ihm verbietet, gegen den Kodex zu verstoßen.«

Kodex?

»Eine Art zehn Gebote für Krieger«, beantwortete Turak meine unausgesprochene Frage.

»Genau. Ekrasit bringt seine Leute dazu, skrupellos gegen diese Gebote zu verstoßen. Und das«, seufzte Arkor, »ist in diesem Fall das Ergebnis der übernatürlichen Empathie. Leider.«

Ich schluckte. »Sind alle Könige Empathen?«

Er schüttelte den Kopf. »Nein. Zu schade, dass an Ekrasit einer verlorengegangen ist.«

Turak nickte grimmig. »Auf jeden Fall waren das schon zwei der Hauptbestimmungen. Die dritte ist die der Heilelfen. Sie können mit nichts als ihren Händen und ihrer Stimme Verletzungen heilen.«

Turaks Worte rührten an etwas in meiner Erinnerung. »Außer Bisswunden?«

»Außer Bisswunden«, bestätigte er traurig.

Arkor trat auf mich zu. »Ich wüsste zu gern, wie du das gemacht hast.« Sein Blick blieb an meiner Schulter hängen.

Woher wusste er davon? Ich war mir sicher, dass Turak meine Verletzung bisher mit keinem Wort erwähnt hatte.

Arkor lächelte. »Manche Empathen können Gedanken lesen.« Ich erstarrte. O nein –, hieß das, dass er auch meine …

Er schüttelte den Kopf. »Ich weiß, was du jetzt denkst – nicht, weil ich es gelesen hätte, sondern weil sich das jeder fragen würde, dem gerade eröffnet wurde, dass sein Gegenüber in der Lage ist, ins Innere seines Kopfes zu schauen. Aber so läuft das nicht. Ich brauche direkten Körperkontakt, und es funktioniert auch nur, wenn es funktionieren soll, das heißt, wenn der entsprechende Elf mir Zugang gewährt. Und«, er gestikulierte lächelnd in Turaks Richtung, »dieser hier war so nett, mich auf unkomplizierte, schnelle Weise auf den neuesten Stand der Dinge zu bringen.«

Hatte ich mir's doch gedacht: Gedankenübertragung! Nicht zu fassen!

Arkor klatsche in die Hände. »Wie dem auch sei«, sagte er plötzlich in geschäftsmäßigem Tonfall, »es kann nicht schaden, wenn du deine Schwebezeit dazu nutzt, mehr über unsere Welt zu erfahren. Du wirst mit einer Menge Unbekanntem konfrontiert werden, und je mehr du darüber weißt, bevor du zur Elfe wirst, desto besser. Du musst mehr über unsere Geschichte erfahren, über unsere Bräuche und Umgangsformen. Turak …«

»Schon verstanden«, erwiderte der grinsend. »Ich übernehme die Ausbildung!«

Arkor lachte schallend. »Dass mir keine Klagen kommen, mein Lieber!«

»Zu Befehl!« Turak salutierte. »Bis heute Abend dann? In der Halle?«

»In der Halle.« Arkor verschränkte die Arme und beugte seinen Oberkörper leicht nach vorne. »Jamnaka.«

»Jamnaka«, erwiderte Turak und nahm dieselbe Haltung ein.

Bereit es ihm gleichzutun, verschränkte ich die Arme ebenfalls, wurde jedoch von Turak ausgebremst, der lächelnd den Kopf schüttelte, mich bei der Hand nahm und mich mit sich zur Tür hinauszog.

12

»Jamnaka?«, fragte ich, kaum dass die Tür hinter uns ins Schloss gefallen war. »Was bedeutet das?«

»So verabschiedet man sich bei uns. *Jamnaka* ist Elfisch und bedeutet *Limas Seelen mögen dich schützen.*«

»Warum hast du mich dann aufgehalten?«

»Die Verbeugung und das Verschränken der Arme bezieht sich nur auf den Gruß eines Elfen«, erklärte Turak.

»Ach ja, und was bin ich deiner Meinung nach?!«

»Eine Elfe«, antwortete er schlicht.

»Soll das heißen, dass ich nicht grüßen durfte, nur weil ich eine Frau bin?«, fauchte ich wütend.

Turak grinste. Warum grinste dieser Idiot denn jetzt so blöd?!

»Wer hat behauptet, dass du nicht grüßen darfst? Ich wollte nur nicht, dass du dich verbeugst.«

?!

»Die drei Einheiten – Verschränken der Arme, Verbeugen, Grüßen – sind Kampfelemente. Bevor *Jamnaka* sich eingebürgert hat, haben ihn nur Krieger verwendet, und da diese bei uns in der Regel männlich sind, beziehen sich die drei Einheiten auch nur auf Männer. Für eine Elfe ist der Gruß an sich völlig ausreichend.«

»Hmpf.«

Turak lachte, stellte sich mir in den Weg und zog mich an sich. »Ich wusste gar nicht, dass an dir eine Feministin verlorengegangen ist.«

»Hmpf. Hmpf.« Herz an Kopf: attraktiver Mistkerl volle Kraft voraus.

»Komm mit. Ich zeig dir mein Zimmer.«

Wir gingen in die entgegengesetzte Richtung, aus der wir gekommen waren, ließen Korridor um Korridor hinter uns.

Turaks Zimmer war riesig, edel eingerichtet, aber völlig unaufdringlich. Große Panoramafenster gewährten uneingeschränkten Blick auf die Schneelandschaft draußen. In der Raummitte stand ein Himmelbett mit silbergrauen Vorhängen, auf das ich mich staunend niederließ.

»Wahnsinn.« Mehr gab es nicht zu sagen.

Turak grinste, ließ sich auf die Matratze fallen und

robbte auf mich zu. Während er mit einer Hand an meinen Schulterblättern nach unten strich, zog er mich mit der anderen in die Horizontale, beugte sich über mich und … schaffte es gerade noch so, seinen eisigen Kuss auf meine Wange umzulenken. »Schade«, keuchte er lächelnd. »Lass dir bloß nicht zu lang Zeit mit der Verwandlung – das ist ja die reinste Folter.«

Wummm!!! Die Zimmertür krachte mit einem gewaltigen Schlag gegen die Wand. Vor uns stand ein junger, zerzaust aussehender, heftig atmender Mann, dem das Entsetzen ins kalkweiße Gesicht geschrieben stand.

»Elar!« Turak kämpfte sich hoch und stürzte auf seinen Bruder zu. »Was im Namen des Schnees ist passiert?«

»Es ist Larsk«, stieß Elar kurzatmig hervor. »Er ist verletzt. Schwer verletzt. Blutet wie ein Wahnsinniger.« Er verzog das Gesicht und presste sich die Hand gegen die offenbar heftig stechende Brust. »Wir haben ihn gerade zu Lengrad gebracht, aber es ist nicht sicher, ob er es schafft. Arkor meinte, du wärst vielleicht zu abgelenkt, um dich von allein auf ihn einzustellen, deshalb hat er mich hergeschickt, um dich zu holen.« Elar warf mir einen giftigen Blick zu. »Er meinte, es sei besser, wenn du SIE nicht mitbringst.«

Turak wirbelte herum. »Warte hier auf mich! Ich bin bald zurück!«

Die Tür krachte abermals, und weg waren sie.

Ich lag da wie erstarrt, während in meinem Kopf unablässig Bilder von gesichtslosen, blutenden Elfen kreisten, die zuckend und von Minute zu Minute schriller um Hilfe schrien. »*Warte hier auf mich!*« Unmöglich. Ich konnte diese Schreie nicht länger ignorieren. Ich musste hier raus.

Die Tür fiel quietschend hinter mir zu. Was jetzt? Links oder rechts? In den Gang mit der gruseligen Waffensammlung oder in den mit den Sternsymbolen an der Wand? Ich entscheid mich für links – nur so aus Gefühl. Stimmen. Kaum wahrnehmbar. Ich lauschte angestrengt. Bog am Ende des Ganges rechts ab. Hielt inne. Lauschte erneut. Nach links jetzt. Die Stimmen wurden lauter. Ich ging schneller, war schon fast dabei, um die nächste Ecke zu biegen, blieb dann jedoch abrupt vor einer massiven, schwarzen Tür stehen. Hier war es! Ich erstarrte. Mein Name. Da drinnen ging es um mich! »Ich sagte, nein!«, donnerte Arkor.

»Und warum nicht, verdammt nochmal?!« Das war Elars' Stimme.

»Weil wir kein Recht dazu haben, deshalb.« Wieder

Arkor. Schneidend. »Wenn es eine weniger gefährliche Methode gäbe – jederzeit. Aber so – hier steht zu viel auf dem Spiel! Sie könnte dabei sterben.«

»Und wenn schon!« Elar. Fauchend.

»Das meinst du nicht ernst!« Turak. Extrem wütend. »Ich liebe dieses Mädchen!« Schweigen.

»Es muss doch noch einen anderen Weg geben! Heiler Lengrad?«

»Leider nein, Hoheit. Larsk hat zu viel Blut verloren. Es ist nicht möglich, ihn so am Leben zu halten. Er muss fremdes Blut bekommen. Das Blut eines Elfen ist dazu nicht geeignet. Larsks Körper würde es sofort abstoßen, da es Kräfte birgt, die nicht die seinen sind. So schön es ist, dass jeder Elf eine für sich ganz persönliche Fähigkeit entwickelt – es schmälert unsere Heilmöglichkeiten. Da es keine zwei Elfen gibt, deren Begabungen sich vollkommen gleichen, existiert auch jede Blutsorte nur einmal. Larsk kann nur durch Blut gerettet werden, das frei ist von der Macht und Kraft der Elfenseele, frei von Magie und Silber, aber auch frei von menschlichen Schadstoffen. Siras Körper ist weder menschlich noch elfisch. Ihr Blut ist unsere einzige Chance.«

»Die wie genau aussieht?« Wieder Arkor.

»Eine schwere Verletzung. Siras Blut ist gerade dabei, sich zu verdicken, zu Elfenblut zu werden. Da die Verwandlung des Mädchens bereits eingesetzt hat, muss die Silbermagie dem durch ihren Körper noch fließenden Menschenblut bereits die für unsereins gefährlichen Stoffe entzogen haben. Das ändert jedoch nichts daran, dass es noch menschlich ist, frei von Elfenkräften. Wegen seiner dünneren Konsistenz würde es ihren Körper zuerst verlassen. Man müsste es auffangen und Larsk einflößen. Es würde sich mit seinem Elfenblut vermischen und sich dann in seins verwandeln. Er wäre wieder vollkommen hergestellt, stärker als je zuvor.«

»Und Sira?« Ich erkannte Arkors Stimme.

»Sie würde sich vollständig verwandeln, sobald das Menschenblut ihren Körper verlassen hat. Der Prozess, der sich ihrer seit einiger Zeit schleichend bemächtigt, würde mit Gewalt dazu gezwungen, sich schlagartig ihrer Elfennatur anzupassen. Ein gewaltiger Schock. Geringe Überlebenschancen – doch sie würde als Elfe sterben.«

»Nein!«, schrie Turak. »Keiner rührt sie an!«

Ich rechnete schon fast damit, dass Elar »Das wollen wir doch mal sehen!« brüllen würde, aber nichts dergleichen geschah. Stille. Der Erste, der seine Sprache wiederfand, war Arkor.

»Ich will das auch nicht, Turak.« Seine Stimme klang belegt. »Wenn Sira stirbt, stirbst du mit. Psychisch. Ich will nicht einen Sohn retten und den anderen für immer verlieren.« Ein wildes Heulen. *Elar*, dachte ich bestürzt. Von Turak war nichts zu hören, doch zu fühlen dafür umso mehr: Schmerz, Traurigkeit, Angst – es war grauenhaft.

»Wie lange hat er noch, Lengrad?«, fragte Arkor angespannt.

»Zwei, höchstens drei Stunden«, schätze ich.

Rums! Ich fuhr erschrocken zusammen – jemand musste auf den Tisch geschlagen haben.

»Um des Schnees willen!« Arkor.

Ich drehte mich um und rannte. Weg! Nur weg hier! Ich schlitterte um Kurven, jagte durch Gänge, riss benommen Turaks Tür auf, taumelte ins Zimmer und ließ mich völlig außer Atem aufs Bett fallen. Meine Gedanken liefen Amok.

Larsk würde sterben. Ich war in der Lage, ihn zu retten. Vielleicht würde ich dann sterben. Turak hatte mich in Schutz genommen. Arkor sich ihm angeschlossen. Elars Schluchzen. Turaks wahnsinniger Schmerz. Arkors verzweifelter Wutausbruch.

Ich musste mich entscheiden. Jetzt. Aller Angst zum Trotz. Aller verfluchten, riesigen Angst. Angst, die da war, weil mein Herz bereits wusste, womit mein Verstand nicht klarkam: dass ich mich schon entschieden hatte. Ich wollte keinen Elf auf dem Gewissen haben! Ich würde kämpfen. Für Larsk. Für Turak. Für mich.

Alea iacta est, die Entscheidung ist gefallen.

Kühle Entschlossenheit ergriff von mir Besitz. Eine Waffe, ich brauchte eine Waffe. Und wo fand ich die? Ich lief zur Tür, riss sie auf und schlitterte in den linken Korridor. Denn hier hing ein ganzes Arsenal. Ich suchte nach etwas Vertrautem, einem Schwert oder etwas Ähnlichem. Mein Blick blieb an einem spitzen Dolch hängen, dessen Griff mit eisblauen Diamanten besetzt war. Ich nahm ihn behutsam von der Wand. Er war schwer. Als ich ihn drehte, funkelten die Diamanten geheimnisvoll. Schon merkwürdig, wie schön so ein Mordinstrument sein konnte. Zurück ins Zimmer. Jetzt fehlte mir nur noch ein Gefäß, mit dem ich das Blut auffangen konnte. Eine Vase vielleicht. Ich fand keine, aber auf dem Nachtkästchen stand ein Glaskrug. Ich griff danach, schüttete das Wasser aus und hätte ihn beinahe fallen lassen, als ein Schrei, kreischend und schrill vor Angst durch meinem Kopf hallte: Ein Elf, der Todesqualen litt! Ich musste mich beeilen! Mein panischer Blick blieb an dem Hemdsärmel hängen, den Turak vorher aufgerissen hatte. Ich brauchte Blut! Möglichst schnell und möglichst viel. Mein Verstand zählte eins und eins zusammen, während ein einzelnes Wort mein Denken vollständig auszufüllen begann: *Vertikal.* Mein Herz raste, als wollte es die Schläge eines ganzen Lebens in die wenigen Minuten pressen, die womöglich seine letzten sein würden. Die Finger meiner linken Hand schlossen sich krampfartig um den Griff des Dolches, dessen Edelsteine sich kühl und spitz in meine Handflächen gruben. *Tu es jetzt!* brüllte es in mir. *Mach schon!* Das Gebrüll vermischte sich mit den schrillen Elfenschreien und brachte meinen Kopf fast zum Bersten. Ein scharfer, brennender Schmerz. Allein das durch meinen Körper schießende Adrenalin schaffte, wozu Mut und Entschlossenheit jetzt nicht mehr ausreichten. Am Ende quoll und pulste es scharlachrot aus drei tiefen, längs verlaufenden Schnitten. Der Dolch rutschte mir aus der Hand und schlug dumpf zu Boden.

Die Schreie verstummten schlagartig. Ich taumelte rückwärts und sank auf der Matratze zusammen. Gegen die Schwärze ankämpfend, die mein Bewusstsein zu erobern drohte, streckte ich den unverletzten Arm nach dem Krug auf dem Nachttisch aus. Ich bekam ihn zu fassen und presste sein kühles Glas gegen mein rechtes Handgelenk, aus dem stetig und rot das Leben aus mir herausfloss. Die Glaswände färbten sich rot. Schon wenige Sekunden später schwappte Blut über den Rand. Abstellen. Ich musste den Krug abstellen! Es gelang mir mit gewaltiger Willensanstrengung. Das Bettlaken färbte sich rot. Rot traf auf Schwarz. Blut auf die Schatten der Bewusstlosigkeit. Ich musste durchhalten. Atmen. Kämpfen. Der Geruch von Wind, Wald und Schnee. Turak! Rot. Schmerz. Schwarz. War das das Ende? Schritte. Polternde Schritte. Vorbei. Bald. Gleich. Doch dann … Knall!

»Sira!!!« Turak? »Neiiiiiiiiiin!« Turak! Seine Finger auf meiner Stirn, sein Atem an meinem Ohr, ein ersticktes Flüstern. »Beim Schnee, was hast du getan? Nein. Nein. Nein. Bleib bei mir, hörst du? Verlass mich nicht!« Mich nicht … nicht … nicht … In meinem Kopf hallte es. Ich kämpfte. Geh! flehte es irgendwo ganz tief in mir. Nimm den Krug und geh! Es darf nicht alles umsonst gewesen sein. Geh! Doch er ging nicht. Kühler Atem auf meinen Wangen. Knall!!

»Turak!!!« Elar? Schritte. Ein schabendes Geräusch. »O mein Gott!« Ein Keuchen. »Turak?! Ich bringe das zu Larsk!« Stille. »Turak!!!« Der Atem verschwand. »Lauf!« Turaks Stimme. »Lauf, so schnell du kannst!!! Ich kümmere mich um sie!« Wieder Schritte. Hastig. Schnell. Sehr schnell. Stille. Weg. Elar war weg. Er brachte das Blut zu Larsk. Larsk würde leben …

… und ich sterben. Es war aus. Ich spürte, wie ich wegdriftete. Weiter, weiter. Der metallische Geruch von Blut. Überall. Übelkeit. Schmerz. Ein Arm unter meinem Rücken. Ein Ruck. Meine Seele schrie.

»Halt durch, Sira.« Turak: flehend, verzweifelt. Ein trockenes Schluchzen. »Bitte, halt durch.«

Nebel. Drückend. Schwer. Aus.

13

Ich trieb in einem Meer aus Eis. Um mich herum war überall schwarzes Wasser, von dem sich das Weiß der Eisschollen kontrastreich abhob. Immer wieder schlugen gewaltige Wellen über meinem Kopf zusammen und schluckten für einige Sekunden die Welt mitsamt ihren Geräuschen. Manchmal, wenn die Luft in meinen Lungen zu knapp wurde, hatte ich das Gefühl, es nicht mehr rechtzeitig nach oben zu schaffen, aber bis jetzt war ich noch immer wieder aufgetaucht. Wenn ich den Kopf aus dem Eiswasser riss, schlug mir kalte Luft entgegen, die meine nassen Haare in eine Art gefrorene Spaghetti verwandelte. Mir ging langsam die Kraft aus. Wie oft würde ich mich noch gegen die Flutwellen zur Wehr setzen können? Ein- oder zweimal vielleicht? Was hatte es überhaupt für einen Sinn weiterzukämpfen? Warum nicht einfach eisiges Wasser in meine Lungen strömen lassen? Warum nicht einfach aufgeben? Kaum dass ich den Gedanken zu Ende gebracht hatte, rollte die nächste Welle über mich hinweg. Ich versuchte loszulassen, nichts mehr zu denken, nichts mehr zu fühlen. Es ging nicht. Etwas in mir drängte verzweifelt an die Oberfläche. Ich konnte nicht aufgeben. In meinem Kopf schrillte und hupte es. Der Kampf war noch nicht zu Ende. Ich riss den Kopf nach oben, begann wie wild mit Armen und Beinen zu rudern. Luft. Ich lebte. Atmete. Hielt mich fest. Gerade noch so bekam ich die Kanten einer Eisscholle zu fassen, die an mir vorbeitrieb. Hoch da jetzt! Doch ich rutschte immer wieder ab. Meine Fingernägel schabten ein ums andere Mal über die raue Oberfläche des Eises, während die Strömung unerbittlich an meinem Körper riss. Ich stieß mit den Beinen kräftig nach unten und zog den Oberkörper gleichzeitig in die entgegengesetzte Richtung. Ja! Meine Finger bekamen das andere Ende der Scholle zu fassen, ich hievte mich, weiße Dampfwolken atmend, aufs Eis. Der Wind heulte. Mein Blick blieb an einem weißen Fleck hängen, der im Nebel vor mir auftauchte. Was war das? Das Ding schien riesig zu sein. Ich trieb weiter, immer weiter, direkt auf es zu. O Himmel – es war ein Eisberg! Ein gigantischer Eisberg, in dessen Vorderseite ein großes schwarzes Loch gähnte. Ein Tunnel aus Eis. Die Strömung wurde immer stärker, saugte mich an, schien direkt aus dem Tunnel zu kommen. Ich wollte da nicht rein! In letzter Sekunde riss ich die Arme hoch, klammerte mich am oberen Rand des Loches fest und versuchte mit aller Macht, nicht loszulassen. Was jetzt? Mir ging die Kraft aus. Ich spürte, dass ich mich nicht mehr lange würde halten können. Das Eis glitt Zentimeter für Zentimeter unter meinen Händen weg, und plötzlich war da kein Eis mehr! Ich griff ins Leere. Fiel. Schrie. Wartete auf den Aufprall …, der nicht kam. Ich fiel. Fiel immer weiter, versank in etwas Weichem …

… und schlug die Augen auf.

14

Ich lag in einem Bett. Kein Wasser. Keine Kälte.

»Sira«, flüsterte es neben mir. Ich wandte den Kopf. Turak.

»Endlich.« Er klang erschöpft, müde – und erleichtert. Wahnsinnig erleichtert.

»Wie geht es Larsk?«, fragte ich heiser.

»Gut. Sehr gut sogar, um genau zu sein. Alles dank dir.« Er fuhr mit den Fingern zärtlich über meine Wange. »Wie fühlst du dich?«

Ich horchte in mich hinein. Mir tat nichts weh, ich hatte keine Schmerzen. »Gut.«

»Gut?« Seine eiskalten Lippen trafen auf meine, verschmolzen mit ihnen, gaben sie wieder frei und verzogen sich zu einem verschlagenen Grinsen. »Und jetzt?«

So also fühlte sich Glück an. Ich grinste zurück … und erstarrte. Er hatte mich geküsst! Bedeutete das – hieß das – konnte das …

Turak nickte feierlich. »Du hast es geschafft.«

Ich war eine Elfe! Wirklich und wahrhaftig. Ich war daheim. Endlich daheim in meinem Körper.

»Mein tapferes Mädchen«, raunte Turak. »Ich bin so stolz auf dich.« Er runzelte die Stirn. »Sag mir nur eins – woher wusstest du überhaupt von der Sache mit dem Blut?«

»Ich bin euch gefolgt«, gab ich zu.

Turak schüttelte den Kopf. »Puh – schonender wär's auch nicht gegangen. Du hast uns also belauscht?«

Ich nickte. »Nachdem ich wusste, wie die Dinge lagen, konnte ich nicht mehr anders. Ich hab den Gedanken nicht ertragen, Larsk nicht zu geben, was ihn retten konnte. Und dann waren da diese entsetzlichen Schreie.«

»Welche Schreie?«, fragte Turak besorgt.

»Ich hatte das Gefühl, Larsk in meinem Kopf schreien zu hören. Es war grauenhaft.«

»Du hast meinen Bruder schreien gehört? In deinem Kopf?«, versicherte sich Turak ungläubig.

»Ja.«

»Das ist unglaublich, Sira. Ich bin mir sicher, wenn Larsk nicht die ganze Zeit über bewusstlos gewesen wäre, – dann hätte er geschrien – vor Schmerz.«

»Er hat es getan, Turak«, flüsterte ich. »Nur für mich, als ob er gewusst hätte, dass ich seine einzige Chance war, dass ihn niemand hören musste außer mir.«

Turak griff nach meiner Hand. Drückte sie fest. »Und dann hast du einfach beschlossen, dir mit einem antiken Dolch die Pulsadern aufzuschlitzen?« »Ich musste helfen«, flüsterte ich. »Ich konnte seinen Schmerz nicht mehr ertragen und ich hätte es mir nie verziehen, wenn ich es nicht versucht hätte. Also habe ich mir eine Waffe besorgt.«

Turak nickte. »Ja. Einen Dolch aus der Zeit von König Nestor. Seine Frau erstach damit aus Eifersucht dessen Geliebte.«

Ich erschauderte. »Wie dem auch sei – als Larsk abermals schrie, ging irgendwie alles ganz schnell. Ich wollte nur noch, dass es aufhört. Also«, ich begann zu zittern, Turak hielt mich noch fester, »hab ich den Dolch gepackt und – es war die schnellste und erfolgversprechendste Methode.« Der Gedanke an den Schmerz, das viele Blut und die darauf folgende Gewissheit, sterben zu müssen, flutete meine Augen mit Wasser.

»Schschscht. Es ist vorbei.«

Turak verwischte sanft die Tränen, die sich ihren Weg über meine Wangen bahnten. Ich dachte an das Eismeer, an meine verzweifelten Versuche, nicht unterzugehen, nicht zu ertrinken. »Wie lange war ich weg?«

Turak seufzte. »Genau vier Tage und einen halben.«

»Vier Tage?!«

»In ziemlich genau drei Stunden wären es fünf geworden und dann«, er brach ab, atmete tief durch, »wäre es zu spät gewesen.«

»Zu spät wofür?«, fragte ich erstaunt.

Turak lächelte traurig. »Zu spät zum Aufwachen. Lengrad hat dir genau fünf Tage Zeit gegeben. Er sagte, wenn du dann noch nicht wieder da wärst, hättest du keine Chance mehr.«

Mein Kampf mit den Wellen war also ein Kampf um Leben und Tod gewesen – im wahrsten Sinne des Wortes. Das Eis, die Kälte, diese unglaubliche Anstrengung, mein verzweifelter Wunsch, nicht zu sterben.

»Ich war so kurz davor, dich für immer zu verlieren«, Turak umspannte mit Daumen und Zeigefinger etwa zwei Zentimeter Luft und sah unglaublich fertig dabei aus. »Ich weiß nicht, was ich getan hätte, wenn du gegangen wärst.« Er vergrub das Gesicht in den Händen. »Ich glaub, das hätte ich nicht ausgehalten.«

Mir zerriss es fast das Herz. »Ich bin da«, wisperte ich leise.

Turak sah mir tief in die Augen. »Und ich lass dich nie wieder gehen.«

15

»Für mich?!«

Turak zog mich breit lächelnd tiefer in den Raum hinein. »Das ist ab sofort deins.«

Mein eigenes Zimmer!

»Larsk und Elar haben es für dich eingerichtet«, erklärte er. »Sie haben die letzten vier Tage unermüdlich daran gearbeitet.«

Wahnsinn! Mir traten vor Rührung Tränen in die Augen. Ein riesiges Himmelbett mit cremefarbenen Vorhängen. Ein dunkler Kleiderschrank, in den mein alter dreimal reingepasst hätte. Eine Frisierkommode. Ein gigantisches Bücherregal. Eine Chaiselongue aus dunkelblauem Samt. Ein Spiegel, der eine Wand fast völlig einnahm. Ich durchquerte den Raum mit pochendem Herzen und öffnete die weiße Tür zu meiner linken – tatsächlich: ein eigenes Badezimmer. Weiß gefliest, groß, eine Dusche aus Glas, eine Badewanne in der Größe eines Elefantenplanschbeckens und auch hier ein immens großer Spiegel. Ich stutzte. Knipste das Licht an. Machte ein paar ungläubige Schritte nach vorne – war ich das? Ich fasste mir vollkommen perplex an die Wange – die Frau mit dem knöchellangen perlmuttfarbenen Nachthemd im Spiegel tat das Gleiche. Meine Haut sah nicht nur aus wie Porzellan, sie fühlte sich auch so an: kühl und vollkommen glatt. Ich war gewachsen – gut zehn Zentimeter, und meine Augen glänzten jetzt wirklich fast schwarz. Als ich mir mit den Händen durchs nunmehr seidenweiche Haar fuhr, es umfasste und mich leicht ins Profil drehte, blieb mein Blick an spitz zulaufenden Ohren hängen, die überraschend gut zu meinem leicht oval anmutenden Gesicht passten.

Turak erschien auf der Bildfläche, umfasste mich von hinten und drückte mir zärtlich einen Kuss aufs pechschwarze Haar. »Du bist atemberaubend schön.« Seine Stimme war nicht mehr als ein schwärmerisch klingendes Raunen.

Mein Blick glitt hungrig über sein Spiegelbild. »Du auch«, flüsterte ich lächelnd.

»Obwohl du mir persönlich so luftig außerordentlich gut gefällst«, hauchte er mir ins Ohr, »solltest du dich langsam umziehen.«

Ich zog fragend die Augenbrauen nach oben.

»Es gibt ein Diner im Kristallsaal – dir zu Ehren.«

Ich schluckte.

»Was ist los?«, fragte Turak. »Das wird schon, glaub mir.«

Ich nickte. »Klar. Es ist nur –«

Turak schüttelte den Kopf. »Keine Angst – sie werden dich lieben.« Er grinste. »Larsk ist schon ganz wild darauf, dich kennenzulernen.« Er ließ mich los und gab mir einen leichten Schubs. »Auf geht's. Im Schrank findest du ein paar Anziehsachen – ich hol dich in einer Stunde ab.« Mit diesen Worten drehte er sich um und ließ mich, nervös wie ich war, allein im Badezimmer zurück.

16

Wie sich herausstellte, waren die *paar Sachen* im Schrank eine unüberschaubare Anzahl an Kleidern von elegant über romantisch bis hin zu leger. Bei diesem Anblick wäre vermutlich jede Frau grün vor Neid geworden, in mir jedoch machte sich leises Unbehagen breit. Das war alles so überhaupt nicht mein Stil. Allerdings sah ich auch nicht mehr wirklich nach dem Mädchen aus, das ich gewesen war.

Zwei Minuten später drehte ich mich in einem Traum aus dunkelblauer Seide staunend um mich selbst. Das Kleid passte wie angegossen, schmiegte sich elegant um weibliche Kurven, die bis vor kurzem mit Sicherheit noch nicht da gewesen waren. Mir gefiel, was ich sah. Ziemlich gut sogar.

Im Badezimmer kapitulierte ich am Ende ziemlich ratlos vor einer ganzen Batterie Schminksachen – keine Ahnung, was man damit alles anstellen sollte, meine Haare ließ ich einfach offen. Das Einzige, was jetzt noch fehlte, waren – ich ging zurück zum Schrank und zog eine Schublade auf, die sich ganz unten befand – Schuhe! Wow! Da waren Modelle dabei, mit deren Absatz man ungelogen jemanden hätte erstechen können. Ich entschied mich für ein silbrig schimmerndes Paar flacher Ballerinas. Von den Schuhen würde unter meinem bodenlangen Kleid sowieso nichts zu sehen sein. Warum also das Risiko eingehen, sich den Hals zu brechen?

Es klopfte. Die Tür flog auf: Turak trug einen schwarzen hauchdünnen Umhang aus irgendeinem geheimnisvoll schimmernden Material über einer ebenfalls schwarzen, eng sitzenden Hose, die in einem eleganten Paar Schnürstiefeln aus weichem Leder steckte. Er sah einfach großartig aus.

Turak stieß einen leisen Pfiff aus. »Hab ich schon erwähnt, dass ich dich liebe?«, fragte er, mich mit leuchtenden Augen von oben bis unten abscannend.

Hand in Hand ließen wir einen Korridor nach dem anderen hinter uns. Turak erzählte ununterbrochen irgendwas über die architektonische Gestaltung jedes einzelnen, doch ich hörte nur mit halbem Ohr zu – wenn ich ehrlich war, konnte ich mich überhaupt nicht darauf konzentrieren. Ich war nervös. Richtig nervös. Ich bin noch nie gern im Mittelpunkt gestanden, und heute war ich sogar der Ehrengast der Veranstaltung –, die auch noch mein erstes Zusammentreffen mit einer großen Menge Elfen sein würde.

»Sira?«

Ich zuckte zusammen.

Turak war stehen geblieben und sah mich fragend an. »Du hast keinen Ton von dem mitgekriegt, was ich gesagt habe, oder?«

Ich schüttelte verlegen den Kopf. »Tut mir leid.«

Turak schob mir die Hand unters Kinn, drückte es mit sanfter Gewalt nach oben und sah mich eindringlich an. »Ich hab dir gesagt, dass es keinen Grund gibt, Angst zu haben.«

Hinter uns ertönten Schritte.

Er drückte mir zärtlich einen flüchtigen Kuss auf die Lippen. »Na, dann – los.«

17

Mein erster Gedanke war, dass der Saal seinem Namen alle Ehre machte. Von der Decke hingen schwere Kristallleuchter, die im Licht unzähliger Kerzen schimmerten und glitzerten. Sogar die Tische und der Boden waren aus Kristall. Ein gigantischer Anblick.

Das Zweite, das ich registrierte, war, dass es augenblicklich still wurde, sobald wir den Kristallsaal betreten hatten. Alle starrten mich an. Und mit alle meinte ich wirklich alle – schätzungsweise an die sechshundert Elfen. O – mein – Gott!

Das Dritte, das geschah, war, dass Arkor sich von einem Tisch genau in der Mitte des Saals erhob, lächelte und die Arme ausbreitete. »Lasst uns die Gläser erheben!«, rief er in die Menge. Sein Arm stieß in die Luft. »Auf Sira!« »Auf Sira!«, echote es hundertfach verstärkt zurück. Unglaublich! Ich versuchte, nicht zu überwältigt auszusehen, als Turak mich durch die Menge zu seiner Familie führte. Arkor machte eine komisch kreisende Handbewegung – was eine Art Startsignal zu sein schien. Denn kaum dass er sich gesetzt hatte, griffen alle zu Messer und Gabel, Geklapper und Getuschel folgten. Der ganze Saal summte …

… und wir setzten uns. »Willkommen in der Familie.« Arkor strahlte. Elar nickte lächelnd. Ich war zu Tränen gerührt.

Der Elf, der mir direkt gegenübersaß, lächelte nicht und sagte auch nichts. Larsk, schoss es mir durch den Kopf: Eine etwa dreißig Jahre jüngere, äußerst gutaussehende Kopie seines Vaters – ungelogen: Er war Arkor wie aus dem Gesicht geschnitten. Sein rehbrauner Blick bohrte sich in meinen schwarzen.

»Es gibt keine Worte, die meine Dankbarkeit dir gegenüber auch nur ansatzweise ausdrücken könnten«, sagte er rau – offensichtlich ziemlich bewegt. »Aber eins versichere ich dir: Ab dem heutigen Tag werde ich immer für dich da sein. Wann immer du Hilfe benötigst, von mir wirst du sie bekommen. Wann immer du jemanden zum Reden brauchst, ich werde dir zuhören. Wann immer du nach mir fragst, – ich werde kommen, so schnell ich kann.«

Seine Worte berührten das Innerste meiner Seele, und in diesem Augenblick gab es nichts Wichtigeres, als ihm das auch zu zeigen. Ich streckte reflexartig den Arm aus, legte ihn mit der Innenseite nach oben auf den Tisch. Larsks Augen weiteten sich überrascht, doch dann lächelte er. Sein Arm schob sich über meinen und erwiderte nach unten sanft den Druck, den ich nach oben ausübte. Diese Geste hatte etwas Großes, etwas Besonderes, das spürte ich ganz deutlich. Als wir die Arme schließlich zurückzogen, blieb irgendwas in der Luft hängen: etwas Magisches, das auch mich zum Lächeln brachte. Zu einem verschwörerischen, undefinierbar glücklichen Lächeln.

Turak berührte mich sanft an der Seite und riss mich aus meinen Gedanken.

»Du auch?« Er hatte sich bereits eine gewaltige Portion Fleisch auf den Teller geladen, Arkor, Elar und Larsk ebenfalls. Ich nickte, und erst als ich den ersten Bissen im Mund hatte, fiel mir ein, dass ich Vegetarierin war, immer schon gewesen bin. Aber es schmeckte großartig. War eigentlich überhaupt noch was von meiner alten Persönlichkeit übrig geblieben? Meine Geschmacksnerven offensichtlich nicht.

»Woher wusstest du das?«, fragte Turak leise.

Ich hatte den Mund gerade voll Wasser und schluckte hastig. »Was?«

»Der Armdruck. Er ist eine Geste der Dankbarkeit und gegenseitigen Ehrerbietung unter Kriegern.«

»Keine Ahnung.« Ich zuckte mit den Schultern. »Es war so eine Art Reflex. Ich hab gar nicht drüber nachgedacht.«

Turak warf mir von der Seite einen grüblerischen Blick zu. »Merkwürdig. Wirklich merkwürdig.«

Und dann … wurde es plötzlich schlagartig ruhig im Saal. Anspannung lag in der Luft, eine aggressive, mir völlig unerklärliche Anspannung. Larsk erstarrte, Turak sog scharf die Luft ein und sprang auf. Was ging hier vor? Schritte, in der absoluten Stille laut wie Kanonenschüsse. Aus dem Augenwinkel registrierte ich erschrocken, dass Turak mit einem Mal ein langes, äußerst scharf aussehendes Schwert umklammert hielt, das bereits halb aus einer Scheide unter seinem Umhang ragte.

Arkors Stimme schnitt kalt durch die Luft. »Steck das weg! Er trägt das silberne Tuch!«

»Na und?«, stieß Turak hitzig hervor. »Er hat mehr als einmal bewiesen, dass er sich nicht um unsere Regeln schert!« Dennoch rammte er sein Schwert wütend in die Scheide zurück.

Um wen ging es hier eigentlich? Irritiert drehte ich mich um und sah einen hochgewachsenen, schlanken Elfen langsam durch die Halle schreiten. Alle Blicke waren auf ihn gerichtet und nicht wenige Gesichter zornverzerrt. Zu meiner Überraschung blieb der Fremde direkt vor mir stehen: sehnige, doch kräftige Statur; glattes blondes Haar, nach hinten zusammengefasst; eisblaue stechende Augen; gerade Adlernase; hasserfüllter Blick.

Turak knurrte und schob sich schützend vor mich. »Was willst du, Faris?«

Das also war Ekrasits Sohn. Der Elf, der Sevin auf dem Gewissen und das Andenken meines Vaters beleidigt hatte.

Faris lachte kalt. »Was ist das hier? Eine Willkommensfeier? Ich habe gehört, dass ihr Besuch habt – und wie ich sehe«, er machte einen Schritt zur Seite, wodurch ich wieder in sein Blickfeld rückte, »ist das alles andere als ein Gerücht.«

Turak schnaubte. »Von wem? Von wem hast du das gehört?«

»Du wirst es nicht für möglich halten«, sagte Faris verächtlich, »aber das geht dich nichts an. Nicht das Geringste.«

»Wölfe«, fauchte Turak.

Faris grinste. »Sehr gut, Schneeprinz«, höhnte er. »Ja, wir haben unsere ganz speziellen Informanten.«

»Informanten! Pah! Bestien sind das. Stinkende Mistviecher!«

Arkor war von seinem Stuhl aufgesprungen. »Turak! Das reicht jetzt!« Er wandte sich dem Eisprinzen zu. »Ich wiederhohle die Frage meines Sohns, Faris. Was – willst – du – hier?«

Faris' Grinsen gefror. »Ich bin hier, um zu überprüfen, ob ihr tatsächlich die Tochter von Deron versteckt.« Er spuckte Arkor seine Worte förmlich vor die Füße.

»Dann kannst du gleich wieder verschwinden«, zischte Turak. »Wir verstecken niemanden. Sira gehört jetzt zu uns, und sie wird hierbleiben, ob es euch passt oder nicht!«

»Pass auf, was du sagst, Schneeelf! Diese Frau hat kein Recht, hier zu sein! Ekrasit schickt mich, euch zu fragen, wie ihr ernsthaft glauben konntet, dass wir sie in unserem Land dulden werden!«

Jetzt war es Larsk, der aufsprang und sich drohend vor Faris aufbaute. »Sie ist keine Frau! Keinen Tropfen menschliches Blut trägt sie mehr in sich – genauso wenig wie du und ich!«

Täuschte ich mich oder blitzte tatsächlich Schreck aus Faris' Augen? »Was willst du damit sagen?« Seine Stimme war eisig.

»Dass du zu spät kommst, Faris.« Larsks Worte peitschten durch die Luft. »Zwei Tage früher und sie wäre noch ein Mensch gewesen – ein Mensch ohne Aufenthaltsberechtigung.«

Faris sah aus wie vom Donner gerührt. »Was tust du hier eigentlich? Von den Toten auferstanden, was?«, spottete er.

Larsk erbleichte.

»*Du* warst das?!« Turak klang, als wollte er Faris direkt an die Gurgel gehen.

»Ja. *Ich* war das. Ein Streich, und der da«, nickte er herablassend in Larsks Richtung, »ist zusammengebrochen wie ein angeschossenes Reh.«

Ein scharfes Zischen. Turak hatte blitzschnell sein Schwert gezogen und richtete es direkt auf Faris' Brust. »Noch ein Wort«, knurrte er, »und ich schwöre«, seine Nasenflügel bebten, »du bist des Todes.«

»Turak!«, bellte Arkor. »Lass das! Sofort!«

Ganz langsam, als koste es ihn unendliche Überwindung, senkte Turak die Waffe.

Faris wich zurück, die Augen zu Schlitzen verengt. »Das wird dir noch leidtun, Schneeprinz! Und das«, sagte er mit kalter Wut in der Stimme, »schwöre *ich dir*.«

»Raus«, zischte Turak. »Sofort!«

Faris grinste. »Und warum denkst du, dass ich das tun werde?«

»Weil ich es sage!«, donnerte Arkor. »Verschwinde aus meinem Schloss! Hinaus! Ein Raunen ging durch den Saal. Faris' Grinsen fiel aus seinem Gesicht. Er machte auf dem Absatz kehrt und marschierte im Sturmschritt davon. »Das!«, fauchte er, kurz vor dem Ausgang herumwirbelnd, »hat ein Nachspiel!«

Er trat mit dem Fuß kräftig gegen die Tür. »Und du!«, er stieß mit dem Finger in Turaks Richtung und zischte kalt: »Wir sehen uns. Auf dem *Schlacht*feld.«

Mir war die zweideutige Betonung dieses letzten seiner Worte keineswegs entgangen. Bei dem Gedanken, dass Faris und Turak schon bald wieder aufeinandertreffen würden – bis auf die Zähne bewaffnet – stürzte ein Eisbach sich erbarmungslos meinen Rücken hinunter.

Faris bebte vor Wut. Ein letzter zornfunkelnder Blick in die Menge, ein Umhangrauschen und er war verschwunden.

18

»Ich bring ihn um.« Turak ballte die Hände zu Fäusten. »Das nächste Mal, wenn ich ihn sehe, bring ich ihn um.«

Wir standen in meinem Zimmer vor dem Fenster und starrten in die Dunkelheit. »Wenn er dich nicht zuerst umbringt.« Ich senkte den Blick.

Turak drehte sich zur Seite. »Das wird nicht passieren.«

»Und das weißt du woher?«

Er packte mich an den Händen. »Ich weiß es einfach.«

Ich schüttelte den Kopf. »Was, wenn ich dich bitten würde, nicht zu gehen? Was, wenn du einfach nicht mehr kämpfen würdest?«, fragte ich hoffnungsvoll.

Turak griff mir unters Kinn und zwang mich, ihm in die Augen zu schauen. »Das kann ich nicht, Sira – das darf ich nicht. Ich bin ein Schneeprinz, ein Krieger. Es ist meine Bestimmung zu kämpfen.«

Meine Augen wurden feucht.

»Nicht weinen«, flüsterte Turak. Als die erste Träne rollte, fuhr er mir zärtlich mit dem Daumen über die Wange. »Ich sagte *nicht* weinen.« Seine Lippen umschlossen meinen Mund. Ich küsste ihn verzweifelt zurück, schlang die Arme um seinen Hals und versuchte, in seiner Umarmung zu ertrinken. Turak wühlte mir mit den Händen durchs Haar, hob mich ruckartig hoch und presste mich an sich. Ich ging unter. Ging unter in der Leidenschaft, in der zunehmenden Aggressivität seines Kusses, wollte nie wieder auftauchen …

… und wurde doch brutal zurück an die Oberfläche gerissen.

»Larsk!«, donnerte Turak empört. »Kannst du nicht anklopfen?!«

Larsk grinste. »Tut mir leid, Bruderherz. Vergessen.«

Turak schnaubte. »Wer's glaubt, wird selig.«

»Arkor hat noch eine kurze Besprechung angesetzt. Wenn du allerdings anderweitig beschäftigt bist …«

»Vorsicht, mein Lieber – verbrenn dich nicht«, warnte Turak gespielt autoritär, schlang mir demonstrativ den Arm um die Hüfte und zog mich an sich. »Ich komme – gleich. Wenn du uns jetzt entschuldigen würdest …«

Larsks Grinsen wurde immer breiter. »Ihr Wunsch ist mir Befehl«, frotzelte er, salutierte und verschwand.

Turak schüttelte lächelnd den Kopf. »Spinner.« Er zog mich an sich und hauchte mir einen Kuss auf die Stirn. »Ich muss gehen.«

»Ich weiß.«

»Hey, kein Grund, traurig zu sein«, sagte er sanft. »Wir haben alle Zeit der Welt.«

»Hoffentlich«, flüsterte ich in die Stille, die er zurückließ, sobald er zur Tür raus war, dachte an Faris, den Krieg und alles, was uns sonst noch trennen konnte. »Hoffentlich.«

19

Ich ging zum Fenster zurück. Inzwischen war der Mond aufgegangen. Voll und hell stand er am Himmel und tauchte alles in sein goldenes Licht. Ich liebte diesen Anblick, die Magie, die von Vollmondnächten ausging, denn in diesen Nächten schien alles möglich, schien alles irgendwie verzaubert zu sein.

Sira!

»Aaaaah!« Ich schrie erschrocken auf. Eine Stimme – in meinem Kopf! Aber nicht irgendeine Stimme, nein – diese Stimme war nicht menschlich! Es war vielmehr ein – ja, was? Ein Brummen?

Sira!

Nein – ein Knurren! Wie war das möglich? Wer – nein – was war das?!

Ich bin ein Wolf.

O mein Gott – er antwortete mir! Und er war ein – Wolf?! Hilfe!

Hab keine Angst. Dir wird nichts geschehen.

Ach ja?

Ich verspreche es. Du musst mir vertrauen, Sira. Es ist wichtig.

Wichtig? Wichtig wofür?

Für den Frieden.

Ich schluckte. Für den Frieden?

Ja. Mach die Augen zu.

Was?

Los jetzt.

Also gut. Halt – was tust du da?!

In mir klopfte es. Beständig, laut, direkt neben einem Klopfen, dass ich schon mein ganzes Leben lang kannte, war das – konnte das – klopf, klopf – klopf, klopf – ein Herzschlag! In mir schlug ein zweites Herz! Das Herz eines Wolfes! Mein erster Impuls war: Lauf! Hol Hilfe! Doch dann … Mit jedem Schlag ließ das Gefühl der Bedrohung in mir nach. Dieses Herz log nicht, dieses Herz betrog nicht, dieses Herz – sagte die Wahrheit. Ich wurde ruhig. Vollkommen ruhig. Atmete, vertraute, glaubte … und öffnete die Augen.

Komm.

Wohin?

Verlass das Schloss. Ich werde da sein.

Weg war er. Mein Kopf gehörte wieder mir. Was jetzt? Ich würde gehen, keine Frage, denn im Grunde hatte ich keine Wahl. Alles in mir zog nach draußen – es war schon fast ein körperlicher Zwang. Würde ich zurück sein, bevor Turak es war? Und was, wenn nicht? Sollte ich ihm eine Nachricht hinterlassen? Aber was schreiben? Bin gleich wieder da – mach dir keine Sorgen? Von wegen. Bin mit einem Wolf unterwegs – vertraue ihm. Alles wird gut. Niemals. Da konnte ich genauso gut gar nichts schreiben.

Aber umziehen musste ich mich – wer wusste schon, wohin wir gehen würden? Was, wenn ich klettern musste? Mit diesem Kleid kam ich auf jeden Fall nicht weit. Ich zog es mir über den Kopf, warf es aufs Bett, wühlte mich durch den gesamten Inhalt meines neuen Kleiderschranks und stellte einigermaßen verzweifelt fest, dass sich darin nahezu nichts befand, das nicht nur schön, sondern auch praktisch war. Das Beste – und Einzige! –, das ich finden konnte, war eine schwarze Pluderhose aus Samt plus Umhang. Schien eine Art Zweiteiler zu sein. Ich zog beides an. Ein letzter Blick zurück, eine Millisekunde Zögern, dann war ich weg.

Ich schlich mich, so leise ich konnte, den Flur entlang zur Treppe. Die dritte Stufe knarrte laut, als ich draufstieg. Ich hielt den Atem an – wenn jetzt jemand kam, konnte ich meinen nächtlichen Ausflug vergessen. Nichts rührte sich. Puh! Ich schlich weiter. Letzte Stufe.

Eingangshalle. Keiner zu sehen. Ich huschte hindurch. Tür. Jetzt vorsichtig die Klinke gedrückt – ich war draußen. Mein Atem wirbelte weiß durch die Luft, als ich mich im Schlosshof umsah, allein durch den Schnee stolperte. Wo war er? Wieso zeigte er sich nicht?

Ich bin hier.

Ich zuckte zusammen. Daran musste man sich erst mal gewöhnen – eine fremde innere Stimme, die sich völlig unvermittelt von allein meldete – gruselig! Wo war »hier«? Ich kniff die Augen zusammen – da war niemand!

Blick nach vorne, auf zwölf Uhr im Schatten der Schlossmauer.

Ah. Ich ging schneller. Wie sollten wir hier bloß rauskommen? Jetzt, wo ich darüber nachdachte –, wie war er eigentlich reingekommen?

Jakink.

Bitte was?

Mein Name: Jakink.

Sira.

Ich weiß.

Ich war da, wir standen uns gegenüber – von Angesicht zu Angesicht. Groß, weiß und – wunderschön. Das war das Erste, was ich dachte, als ich ihn sah: Jakink.

Was er wohl dachte?

Dass wir von hier verschwinden sollten.

Seine Ohren zuckten nervös.

Oh.

Steig auf.

Er knickte die Vorderpfoten.

Oh!

Los!

Ja, ja – schon gut. Vorsichtig und darauf bedacht, nicht zu arg an Jakinks weißem Zottelfell zu ziehen, griff ich hinein und schwang mich auf seinen Rücken. Kaum dass ich saß, preschte er los. Wuuahh! Ich beugte mich nach vorne und krallte mich fest. Ich war kurz davor runterzufallen!

Festhalten!

Ja doch! Was glaubte er eigentlich, was ich hier tat?!

Wir rasten in einem wahnsinnigen Tempo an der Schlossmauer entlang und – o nein! Er würde doch nicht etwa – doch. Er würde. Wir flogen geradewegs darauf zu – und zwar nicht auf der Vorderseite des Schlosses, an der sich das Eingangstor befand, sondern an der Rückseite, wo sich zwischen Schlossmauer und Umland mitnichten eine Brücke, sondern nichts als im Burggraben tosendes Eiswasser befand. Das war Wahnsinn! Doch Jakink … setzte zum Sprung an. Mein entsetzter Schrei wurde vom Wind, der heftig durch die

Luft peitschte, vollkommen geschluckt. Vom Wind … bis: Platsch! Um mich herum war nichts mehr als eisige blubbernde Blasen. Jakinks Pfoten ruderten torpedoartig durchs Wasser. Wir waren schnell, aber … Luft! Ich hatte keine Luft mehr! Ich erstick – Luft … Endlich! Wir durchstießen die Oberfläche. Atmen. Ein. Aus. Ein. Aus. Verdammt, tat das gut.

Alles in Ordnung?

Leidlich.

Es tut mir leid, ich hätte dich vorwarnen sollen.

Meine nassen Haare peitschten im eisigen Wind. Wir jagten über den Schnee, ließen das Schloss weit hinter uns und preschten in den Wald hinein – direkt in die Mitte einer großen Lichtung. Jakink blieb so abrupt stehen, dass ich geradewegs über seinen Kopf hinweg auf den Waldboden rutschte.

»Autsch!«

Tut mir leid – Ich bin es einfach nicht gewohnt, geritten zu werden.

Ich sah mich um. Was wollten wir hier?

Wie zur Antwort auf meine Frage stieß Jakink ein lautes, langgezogenes Heulen aus. Keine drei Sekunden später kam die vielstimmige Antwort. Wie viele waren das? Zehn? Zwanzig? Das war ja ein richtiges Konzert. Ich hielt den Atem an. Wartete …

Und dann kamen sie. Einer nach dem anderen. Von wegen zwanzig – am Ende mussten es an die fünfzig Wölfe sein. Sie bildeten einen Kreis um uns.

Bleib hier.

Einen Kreis um mich, denn Jakink verschwand gerade in den Reihen seiner Artgenossen. Mein Herz veranstaltete ein Heidenspektakel. Nicht aus Furcht. Es war nur – der Anblick dieser Mauer aus Fell konnte einem schon ziemlich imponieren.

Einer der Wölfe löste sich aus dem Pulk und schlich auf mich zu. Ich erkannte ihn wieder. Es war mein Angreifer, derjenige, der mir die Bisswunde verpasst hatte. Doch ich spürte instinktiv, dass mir keine Gefahr drohte. Dieser Biss war kein Tötungsversuch gewesen. Da steckte mehr dahinter.

Willkommen, Sira. Mein Name ist Rissko. Ich bin der Leitwolf dieses Rudels.

Sein Knurren war tiefer als das von Jakink. Ich hörte es, während die Übersetzung gleichzeitig in meinem Kopf auftauchte – genau wie bei Jakink.

Hallo – probierte ich mein Glück. Rissko neigte den Kopf.

Ich habe Jakink geschickt, dich zu holen. Wir müssen reden. Wie du weißt, herrscht Krieg zwischen Eis- und Schneeelfen. Ein äußerst blutiger Krieg, weil wir mit-

kämpfen. Du musst wissen, dass wir das nicht freiwillig tun. Das ist nicht unser Krieg. Wir haben uns nie in Elfenangelegenheiten eingemischt. Diesmal ist alles anders. Wir müssen kämpfen. Es ist ein Zwang. Ekrasit und Faris haben uns gebunden, und wir müssen gehorchen.

Ich schnappte entsetzt nach Luft, hatte mich schon halb aufgerichtet …

Bleib sitzen und hör mir zu. Es ist wichtig, dass du verstehst. Sehr wichtig.

Ich ließ mich in den Schnee zurückfallen.

Normalerweise hat nur der Leitwolf die Macht, sein Rudel an sich zu binden und es, wenn nötig, zu zwingen, seine Befehle auszuführen. Doch ein guter Leitwolf braucht keinen Zwang. Respekt zollt Gehorsam, und Gehorsam erntet, wer gerecht handelt. Ich bemühe mich darum.

Zustimmendes Knurren von allen Seiten.

Auch mein Vorgänger war ein Leitwolf dieses Schlages. Galgor war gerecht und ehrlich, weise und vernünftig. Doch nun ist er tot.

Rissko senkte den Kopf. Wenn man Trauer riechen könnte, und wenn sie nach Rosen duften würde, hätten wir uns in diesem Moment im größten Rosengarten Englands befunden.

Er wurde erstochen. Rissko sah mir tief in die Augen. *Und das von keinem anderen als Faris, dem Eisprinzen.*

Zu sagen, dass ich betroffen war, wäre vollkommen unzureichend. Ich war bestürzt, geschockt, entsetzt.

Faris ist grausam, hinterhältig und durchtrieben. Kurz: Er ist gefährlich. Nachdem er Galgor getötet hatte, tat er etwas Abscheuliches. Er füllte eine Glasfiole mit dessen Blut und trug sie ins Eisschloss, wo sein Vater und er dann den schlimmsten Verrat an unserer Rasse begingen, den ein Elf überhaupt begehen kann: Sie tranken das Blut des Leitwolfs.

Mir wurde schlecht. Das war abscheulich.

Es ist nicht nur ein Zeichen von Grausamkeit, Sira, es ist viel schlimmer. Indem sie das Blut tranken, bevor ich Galgors Platz in der Rangordnung einnehmen konnte, verleibten sie sich seine Macht über das Rudel ein. Mir bleibt nichts, als Schlupflöcher in ihren Befehlen zu nutzen und mein Rudel hindurchzuschicken, wann immer es geht, was leider immer seltener der Fall ist. Faris ist nicht dumm. Er formuliert inzwischen sehr präzise. Ekrasit hatte da mehr Probleme, deswegen benutzt er Faris jetzt als Bindeglied, und der genießt seine Macht in vollen Zügen.

Elfen stehen für gewöhnlich nicht auf unserem Speiseplan. Jetzt sind sie unsere Hauptnahrungsquelle.

Risskos Knurren war voller Hass.

Es gab einmal eine Abmachung: Solange die Elfen uns

respektieren, respektieren wir sie: keine gegenseitige Hetzjagd. Hinfällig. Wir waren Jäger, jetzt sind wir Mörder. Ich kann das nicht länger zulassen. Jeder tote Elf ist einer zu viel – genau wie jeder tote Wolf. Es muss aufhören, Sira. Es muss aufhören, bevor es zu spät ist. Es muss aufhören, bevor alles im absoluten Chaos versinkt, bevor Angst und Schrecken, Tod und Verzweiflung unser Land vollkommen regieren. Es muss aufhören. Jetzt.

Rissko war mir so nah gekommen, dass ich die goldenen Sprenkel in seinen dunklen Augen sehen konnte.

Wir kannten deinen Vater, Sira. Deron war weit mehr als ein Krieger – er war ein Lin.

Ein Lin?

Ein Mann des Wolfs. Er konnte mit uns sprechen, genau wie du es kannst. Keiner wusste davon. Es war sein Geheimnis und das Wissen darum sein größter Schatz. Als er das alles hier verlassen musste, kam er her, um sich zu verabschieden – er wäre vor Schmerz fast gestorben. Doch heute Nacht ist ein Teil von ihm hierher zurückgekehrt. Zu uns. Durch dich. Denn du bist wie er. Du bist eine Lin, Sira, und nur du hast die Macht, diesen Irrsinn zu beenden.

Ich? Was sollte das heißen? Was konnte ich schon tun?

Faris muss sterben, Ekrasit muss sterben. Dadurch

wird ihre Macht über uns gebrochen und der Bann, unter dem das ganze Volk der Eiselfen steht, gleich mit, denn auch sie sind gebunden – wie ein Rudel an seinen Leitwolf. Du musst es tun, Sira. Nur du kannst es. Faris muss durch deine Hand sterben. Ekrasit wird ihm von allein in den Tod folgen.

Jetzt hatte ich Angst. Auch wenn mein Vater ein Krieger gewesen war – ich hatte nicht die leiseste Ahnung vom Kämpfen!

In Ekrasit wütet schon seit langem eine schwere Krankheit – nur das Wolfsblut hält ihn am Leben. Faris macht es stärker als ein Elf von Natur aus sein dürfte – nahezu unbesiegbar. Unser Blut im Körper eines Elfen: verheerend. Prinz Turak hätte nicht den Hauch einer Chance gegen ihn – obwohl er mit Abstand der beste Krieger in Arkors Reihen ist.

Aber wenn nicht mal Turak es mit Faris aufnehmen konnte, wie sollte ich es dann können?

Du kannst es. Faris hat sich die Kraft des Wolfs mit Gewalt einverleibt. Du aber trägst sie von allein in dir, denn du bist eine Lin, eine Frau des Wolfs. Das ist deine Fähigkeit – eine deiner Fähigkeiten –, und sie ist äußerst selten.

Rissko zuckte zusammen. Ein tiefes, zorniges Knurren drang aus seiner Kehle. Ich erschrak. Was war denn jetzt los? Was hatte ich getan?

Nichts. Rissko fletschte die Zähne. *Du hast gar nichts getan. Es ist Faris. Er ruft mich.*

Und du musst –

Nein. Ich kann mich ihm widersetzen. Eine Zeitlang – auch wenn es mich eine gewisse Anstrengung kostet.

Seine Ohren zuckten nervös.

Du musst schnell sein.

Wieder ein Zähnefletschen.

Es geht um Turak. Er will ihm fünf von uns auf den Hals hetzen. Kein fairer Kampf, Sira. Das ist eine Falle. Faris will den Prinzen ausbluten lassen. Wie ein erjagtes Reh.

Nein! Jetzt hielt mich nichts mehr auf dem Boden. Ich sprang auf und begann wie wild im Kreis zu laufen. Das durfte nicht passieren! Auf keinen Fall durfte das passieren! Nicht, wenn ich eine Chance hatte, es zu verhindern. Aber wie sollte ich das anstellen? Wie?!

Hör mir zu.

Ich blieb stehen. Rissko klang müde, angestrengt.

Du musst ruhig bleiben. Ich habe dich nicht ohne Grund gebissen.

Wusst ich's doch.

Jeder andere Elf wäre daran gestorben, aber du bist eine Lin. Mein Speichel hat deine Kraft aktiviert, in deinem Blutkreislauf zirkuliert jetzt Wolfsstärke. Du wirst gewinnen. Lass dich von Turak in die Waffenkunst einweisen, lass dich nicht provozieren, kämpfe fair –, denn nur ein ehrlicher Sieg wird Doppelwirkung haben.

Doppelwirkung?

Das älteste Stück Wolfsmagie. Durch Gewalt gestohlene Kraft fällt doppelt auf den Dieb zurück. Faris Wunden werden Ekrasits Wunden sein, triffst du ihn, fallen beide. Du musst ihn töten, Sira. Es gibt keinen anderen Weg.

Risskos Kehle entwich ein gequältes Jaulen.

Es wird schlimmer. Ich werde mich nicht mehr lange wehren können. Ich wünschte, wir hätten mehr Zeit. Ich wünschte, du hättest mehr Zeit. Aber –

Ich schluckte schwer. O Mann – war ja klar, dass ich nicht irgendeine harmlose Fähigkeit entwickeln konnte –, ich musste gleich zu einer Wolfskriegerin mutieren. Auf meinen Schultern lastete die Verantwortung für Turaks Leben! Wie sollte ich –

Du schaffst das.

Rissko bohrte seinen Blick in meinen.

Du schaffst das, ich weiß es.

Seine Worte ließen in meinem Herzen eine Eisblume erblühen. *Du schaffst das.* Die fragilen frostigen Blätter entfalteten sich zu atemberaubender Schönheit. *Ich glaube an dich.* Zuversicht strömte durch meine Adern. *Du schaffst das.*

Jawohl! Ich würde es schaffen! Ich musste zurück ins Schloss!

Wenn ein Wolf lächeln konnte, dann lächelte Rissko in diesem Moment. *Ich bring dich zurück.*

Auf Jakink war ich geflogen – Rissko war ein Düsenjet. Binnen kürzester Zeit hatten wir den Palast erreicht.

Luft holen!

Diesmal hatte ich genug davon in den Lungen, um nicht halb erstickt auf der anderen Seite des Burggrabens wieder aufzutauchen. Rissko kämpfte sich die Böschung hoch, in seinem Fell gefroren kleine Sturzbäche von Wasser zu Eis, ich hing nass und schwer auf seinem Rücken … bis Rissko sich plötzlich duckte und ich aufs Neue über einen Wolfskopf hinweg in den Schnee geschleudert wurde. Aufgeregte Schreie. Ich riss den Kopf hoch. Dort vorne stand Turak – inmitten einer Traube wild gestikulierender Elfen. Keine zwei Sekunden später deuteten sechs Pfeilspitzen auf Rissko.

»Neeeeeeiiiiiin!!!« Ich richtete mich hektisch auf und breitete halb kniend, halb stehend die Arme vor dem Wolfskörper aus.

»Halt!« Turaks entsetzter Schrei hallte mir laut in den Ohren.

Danke, Sira. Und jetzt kämpfe, Mädchen.

20

»Sira!« Turak stürzte auf mich zu und riss mich an sich. Zu fest.

»Nicht, Turak – du tust mir weh!«

Er ließ mich erschrocken los und raufte sich die Haare. »Tut mir leid!« In seinem Gesicht herrschte Aufruhr. »Ich hab mir solche Sorgen gemacht! – Wo hast du gesteckt, verflucht nochmal?! Und warum hast du dieses – dieses Biest entkommen lassen?!« Turaks Stimme war immer lauter geworden, aber nicht so laut, dass die Bogenschützen, die inzwischen ziemlich neugierig zu uns rüberschauten, verstanden hätten, was er sagte.

»Rissko ist kein Biest«, erwiderte ich traurig. »Er ist ein Freund.«

Turaks Mine wechselte von erschrocken über schockiert bis hin zu fassungslos. »Rissko?! Ein Freund?!« Jetzt brüllte er fast.

Ich spürte, wie mir Tränen in die Augen stiegen. »Turak, bitte.«

»Bitte was?!«, fauchte er aufgebracht.

»Lass uns raufgehen«, bat ich leise. »Wir müssen reden.«

Turak schnaubte. »Allerdings.« Er machte eine unwirsche Handbewegung, woraufhin die Bogenschützen sich eilig davonmachten, packte mich am Arm und zog mich unsanft hinter sich her. Oben angekommen riss er meine Zimmertür derart heftig auf, dass sie donnernd gegen die Wand krachte, bevor sie noch lauter wieder zuschlug, und schleuderte mich wütend aufs Bett.

»Was soll das?!!!« *Jetzt* brüllte er. Mein Herz trommelte vor Schreck.

»Weißt du eigentlich, wie sich das angefühlt hat?! Dein Kleid zerknüllt auf dem Bett, der ganze Schrank durchwühlt, du weg?! Ich wär fast durchgedreht, als ich zurückgekommen bin! Das Schlimmste hab ich mir vorgestellt: von wegen sie hätten dich entführt – wie auch immer das abgelaufen sein sollte! Und dann tauchst du in Gesellschaft eines Wolfs einfach triefnass aus dem Burggraben auf, wirfst dich schützend vor den Feind und erzählst mir, dass er dein Freund ist?! Ich versteh das nicht! Du wolltest reden?!« Er bebte vor Zorn. »Dann los! Erklär's mir!«

Ich atmete zischend aus. So wütend hatte ich Turak noch nie erlebt.

»Ich höre!!!«

Ja doch! »Als du vorhin weg warst, habe ich in meinem Kopf eine Stimme gehört. Nicht irgendeine Stimme – es war die Stimme eines Wolfs. Sein Name ist Jakink. Ich bin mit ihm gegangen, weil er mich darum gebeten und weil er mir versichert hat, dass mir nichts zustoßen würde.«

Turak schnaubte verächtlich.

»Ich weiß, was *du* jetzt denkst, aber *ich* wusste einfach, dass er die Wahrheit sagt – ich habe es gespürt.«

»Sira, was ist denn das für ein Unsinn?« Turak klang immer noch wütend, jedoch auch zunehmend besorgt – fast als machte er sich Sorgen um meinen geistigen Gesundheitszustand.

»Hör auf, mich so anzuschauen – das ist kein Unsinn!«, verteidigte ich mich. »Ich – habe – es – gespürt. Jakink hat mich auf eine Lichtung im Wald gebracht, zu Rissko, dem Leitwolf des Rudels.«

Turak setzte sich neben mich aufs Bett. »War das nicht der von eben?«

Ich nickte. »Ich bin eine Lin, Turak.«

Er keuchte. »Du bist *bitte was*?!«

»Eine Lin«, sagte ich schlicht. »Ich habe es von meinem Vater.«

Turak sah aus wie vom Blitz getroffen.

»Rissko hat mir alles erzählt«, sagte ich traurig. »Sie sind gefangen, Turak. Sie stehen unter einem Bann, weil Faris den alten Leitwolf erstochen und anschließend zusammen mit Ekrasit dessen Blut getrunken hat.«

Turak sprang auf. »Sie haben Wolfsblut getrunken?!«

Ich nickte.

»Das erklärt alles!« Turak lief zornig auf und ab. »Und«, er blieb wie angewurzelt stehen und starrte mich entsetzt an, »das heißt, dass Faris ..., dass er ...«

»... praktisch unbesiegbar ist, ja«, beendete ich den Satz für ihn. »Rissko meinte, du hättest nicht den Hauch einer Chance gegen ihn – obwohl du der beste Schneekrieger bist.«

Turak ließ sich wieder neben mir aufs Bett sinken. »Aber das bedeutet ...«, er schüttelte fassungslos den Kopf, »... dass wir ihm auf Gedeih und Verderben ausgeliefert sind, dass es nur noch eine Frage der Zeit ist, bis wir alle untergehen.« Er sackte in sich zusammen, als hätten ihn mit einem Mal alle Kräfte verlassen.

»Nein, das heißt es nicht«, widersprach ich leise. »Es gibt einen Weg, Faris Macht zu brechen.«

Turak hob erstaunt den Kopf. »Und der wäre?«

»Er muss sterben. Denn wenn er stirbt, ist auch Ekrasit des Todes.«

Turak lächelte traurig. »Schon klar, Doppelwirkung –

alte Wolfsmagie. Aber kannst du mir mal verraten, wer Faris töten soll, wo er doch seit neuestem über *Superkräfte* verfügt?«, fragte er sarkastisch.

»Ich bin eine Lin«, erinnerte ich ihn leise.

Turak sprang auf. »Nein!«

»Doch! Rissko hat mich gebissen, sein Speichel hat meine Kraft aktiviert, in meinem Blutkreislauf zirkuliert jetzt Wolfsstärke – ich bin eine Lin.«

»Ja doch! Das meinte ich nicht!« Turak begann vor mir auf und ab zu tigern wie ein Raubtier im Käfig. Hinter seiner Stirn schienen die Gedanken Amok zu laufen. »Ich liebe dich, verdammt nochmal!« Er blieb abrupt stehen und starrte mich an. »Meinst du im Ernst, ich lasse dich gegen diesen Bastard von einem Elf kämpfen, während ich selber die Hände in den Schoß lege?!«

»Du musst«, flüsterte ich. »Es gibt keinen anderen Weg.«

Turak sank vor mir auf die Knie. »Ich will dich nicht verlieren, Sira.« In seinen Augen stand Schmerz.

Ich schluckte. »Ich habe nicht vor, verlorenzugehen. Du musst mich ausbilden. Mir das Kämpfen beibringen.«

Turak stöhnte gequält auf. »Weißt du eigentlich, was du da von mir verlangst?« Er schüttelte den Kopf. »Es muss noch einen anderen Weg geben – es muss einfach. Ich werde ihn hinhalten – und dann …«

»Nein«, widersprach ich laut und bestimmt. »Das geht nicht.«

In Turaks Augen erlosch der letzte Funken Hoffnung. »Lass mich raten«, sagte er tonlos. »Auf mich ist eine ganze Horde Wölfe angesetzt, denen nichts anderes übrigbleiben wird, als mich in tausend Stücke zu reißen, sobald ich das Schloss verlasse.«

»Ja, genauso wird es sein.« Treffender – wenn auch vielleicht weniger grausam – hätte ich es nicht ausdrücken können.

»Ich soll also einer Elfe – *meiner Elfe* so ganz nebenbei – das Kämpfen beibringen?«

»Das ist der Plan.«

Turak sah mich durchdringend an. Sekunden verstrichen. Ich beugte mich vor und küsste ihn. Lange. Zärtlich.

»Also gut«, knurrte Turak, als ich mich von ihm löste. »Aber eins versprech ich dir: Wenn bei der Sache irgendwas schiefgeht und du dabei stirbst, dann bring ich mich um.«

Ich sprang auf. »Turak!«

»Nein, Sira. Schluss jetzt!« Sein Tonfall duldete keine Widerworte. Er ging zur Tür. »Morgen um sieben hol ich dich ab. Schlaf jetzt. Du wirst deine ganze Kraft brauchen, wenn du mein Training überleben willst.« In seinen Augen blitzte es frech.

Also das war doch … Ich stürzte auf ihn zu und trommelte in gespielter Empörung gegen seine Brust. »Du Schuft!«

Er grinste, schnappte nach meinen Handgelenken und drückte meine Arme nach unten. »Und dir soll ich das Kämpfen beibringen?«, amüsierte er sich. »Du kannst doch schon alles.« Jetzt küsste *er* mich. Lange. Aber keine Spur zärtlich. Hart. Stürmisch. Leidenschaftlich.

… Was soll ich sagen – allzu viel Schlaf bekam ich in dieser Nacht nicht.

21

Als ich am nächsten Morgen in einem zerwühlten Bett aufwachte, war Turak weg. Statt seiner lag eine Art Motorradanzug neben mir auf der Decke. Ich starrte zwei, drei Sekunden ziemlich perplex darauf, bis mir klarwurde, dass das meine Kampfkleidung sein musste. Ein Blick auf die Uhr: zehn vor sieben – ich musste mich beeilen.

Das Ding passte wie maßgeschneidert. Ich sah aus, als wollte ich eine Bank ausrauben: von oben bis unten in schwarzes Leder gehüllt, die Haare streng nach hinten gebunden – fehlte nur noch die Sturmmaske. Echt gruselig.

Es klopfte.

Turak sah aus wie mein männlicher Zwilling: gleicher Anzug, gleiche Frisur, einziger Unterschied: circa fünfzehn Kilogramm Muskelmasse.

Die Kampfhalle war ein großes viereckiges Kellergewölbe, an dessen Wänden Kristallleuchter hingen, die ein kaltes, bläuliches Licht verbreiteten. Turak durchquerte im Sturmschritt die Halle, ging auf eine Eisentruhe zu, klappte den Deckel auf und zog zielstrebig zwei Schwerter heraus, deren Klingen gefährlich blitzten. »Das sind Rignajaks – klassische Kampfschwerter.« Er hielt mir eins davon hin, machte ein paar Schritte rückwärts und stellte einen Fuß vor den anderen.

»Das ist deine Startposition. Vor dem Kampf stellen sich die Gegner voreinander auf und verbeugen sich. Das Schwert liegt währenddessen mit der Spitze nach vorne auf dem Boden. Wenn du dich aus der Verbeugung erhebst, wird das Schwert in einer einzigen fließenden Bewegung vom Boden aufgenommen, was den Kampf eröffnet. Es ist wichtig, schnell zu sein, denn wenn dein Gegner sich schneller aufrichten kann als du, präsentierst du ihm deinen Nacken praktisch auf dem Silbertablett, und der Kampf ist vorbei, noch bevor er begonnen hat.«

Ich schluckte. Dieses Schwert wog gefühlte vier Tonnen.

»Es ist alles erlaubt, außer von hinten anzugreifen und auf die Augen zu zielen.«

Ich zog überrascht die Augenbrauen nach oben.

»Keine komplizierten Ausfallschritte? Kein noch komplizierteres Regelwerk?«

Turak schüttelte lächelnd den Kopf. »Das hier ist keine Sportart, Sira, kein spaßiger Zeitvertreib. Es geht einzig und allein darum, den Gegner auszuschalten – so schnell wie möglich und bevor er dich ausschaltet.«

Er legte sein Schwert vor sich auf den Boden. »Bereit?«

Nicht wirklich. Ich nickte trotzdem.

»Dann los!«

Schwert auf den Boden legen. Verbeugen. Hoch! Ich schaffte es zeitgleich mit Turak, der kaum, dass er stand, begann, um mich herumzutänzeln.

»Sehr gut«, lobte er. »Aufgepasst jetzt!«

Trotz der Warnung traf mich sein erster Stich völlig unvorbereitet. Stahl schabte über Stahl, mein Schwert fiel mit einem lauten Klirren zu Boden. Verdammt. »Touché!«, keuchte ich atemlos.

»Du musst versuchen, meine Bewegungen zu analysieren!« Turak bückte sich, griff sich das Heft meines Rignajaks und warf es mir durch die Luft zu. »Und – warte nicht zu lange mit deinem Angriff –, je länger du zögerst, desto mehr Zeit habe ich, deine Schwachstellen zu finden.«

Alles klar. Oder auch nicht. Mein Arm tat höllisch weh. Ich wuchtete das Schwert nach oben – Turak parierte hart, noch bevor ich richtig zum Schlag ausholen konnte. Verflucht nochmal! So würde das nichts werden.

Doch dann geschah etwas Ungeheuerliches. Meine Brust fühlte sich an, als sammelte sich dort glühende Lava. Plötzlich explodierte ein Feuerball, steckte meine Adern in Brand, ließ mich rotsehen. Adrenalin pulste wild durch meinen Körper. Mit einem wütenden Knurren parierte ich den nächsten Schlag. Mühelos. Hart. Wir tanzten. Einen gefährlichen, tödlichen Tanz. Etwas in mir hatte die Führung übernommen. Mein Denken setzte aus. Ich parierte Schlag um Schlag, holte aus, taktierte, reagierte – Sekunde um Sekunde, Minute um Minute. Bis …

»Stopp!« Turak riss sein Schwert nach unten.

Mein Körper bebte. Meiner Kehle entwich ein überraschtes Fauchen. Rot, rot, rot …

»Sira!«

Turaks Stimme drang von weit weg in mein Bewusstsein. In mir drehte sich alles. Ich hatte den Eindruck, den mir vertrauten Körper binnen Sekundenbruchteilen zu verlassen, nur um mich kurz darauf in einem fremden wiederzufinden. Es war kein schönes Gefühl. Ich hasste es. Bis es plötzlich vorbei war. Und ich zurück. Zurück in meinem eigenen Ich.

Turak starrte mich fassungslos an. »Das war – großartig!«, keuchte er atemlos. »Kämpf morgen so gegen Faris, und wir sind alle Probleme auf einen Schlag los!«

Morgen? O Gott: MORGEN! Ich war eindeutig wieder ich selbst, denn bei dieser Vorstellung zog sich alles in mir zusammen.

Begeistertes Klatschen. Ich fuhr erschrocken herum. »Wie kann man nur so zart aussehen und so meisterlich mit dem Schwert umgehen?«, fragte Larsk beeindruckt. Elar grinste mich schief an, wirkte jedoch fast ein wenig schockiert. »Wahnsinn«, murmelte er ungläubig. »Der totale Wahnsinn.«

»Ist dir klar, dass du geknurrt hast, Schatz?« Turak lächelte.

Ich nickte.

»Ganz schön unheimlich.« Larsk schüttelte es. »Wir haben eine Wölfin unter uns.« Er klopfte mir anerkennend auf die Schulter.

Turak trat neben mich, zog mich an sich und drückte mir einen Kuss auf die Haare. »Ich bin so stolz auf dich.«

22

Wo war die Nacht geblieben, wo der Morgen hingekommen? Die letzten kampffreien Stunden? Faris hatte es zuerst für einen Scherz gehalten. Ein Duell. Zwischen ihm und mir. Auf Leben und Tod. Doch er hatte angenommen.

Und ich – hatte Angst. Was, wenn es diesmal nicht klappen würde? Was, wenn der Wolf mich allein ließ?

Zwanzig Minuten. Zehn Minuten. Fünf Minuten. Es klopfte. Turak. Ich ließ mich von ihm in den Schlosshof führen. Die Geräusche um mich herum klangen seltsam dumpf. Meine Kehle wurde eng. Ich begann zu schwitzen. Zitterte. Turak sagte irgendwas. Ich verstand es nicht. Alles, was ich wahrnahm, war die schier unüberschaubare Anzahl Elfen, die sich hier versammelt hatten. Die Menge verschmolz zu einer gesichtslosen Masse. Wo war Larsk? Ich konnte ihn nicht finden. Genauso wenig wie Elar oder Arkor. Und nun verschwand auch noch Turak. Er ließ mich stehen.

Ging einfach weg. Vermutlich hatte er es mir erklärt. Ich war allein …

Und dann sah ich ihn: Faris. Er stand lässig gegen sein Schwert gelehnt in der Mitte des Hofs, Kälte im Blick, ein vernichtendes Grinsen auf den Lippen. Meine Füße bewegten sich ohne mein Zutun. Mein Kosmos wurde kleiner und kleiner, bis Faris ihn vollständig ausfüllte. Das Letzte, was ich hörte, war Arkors Stimme, die sich donnernd über das Lärmen der Menge erhob: »Drei, zwei, eins … LOS!«

Die Welt versank in Stille. Als hätte jemand den Ton abgestellt, war alles, was ich noch wahrnahm, während ich den Feind taxierte, mein eigener fliegender Atem. Faris legte sein Schwert auf den Boden. Ich tat es ihm gleich. *Jetzt!*, schoss es mir durch den Kopf. Ich griff nach dem Heft des Rignajaks und richtete mich auf. Faris war einen Tick schneller als ich. Meine linke Schulter brannte. Ich stolperte zurück. Verdammt! Er hatte mich erwischt! Faris trieb mich vor sich her. Komm schon!, flehte ich. Bitte. Lass mich nicht im Stich. Doch nichts geschah. Kein Feuer, keine Hitze, keine Kraft. Ich blieb allein. Was war nur los? Faris lachte höhnisch auf. Zum Teufel nochmal! Hilfe! Ein Surren, ein scharfes Ziehen auf meiner Wange – ich schmeckte Blut, mein Blut, schluckte reflexartig und …

spürte eine wellenartige, unbändige Kraft durch meinen Körper jagen. Die Wölfin war erwacht. Endlich! Ein tiefes Knurren ließ meine Kehle vibrieren.

Faris Augen weiteten sich vor Schreck. Er wich zurück.

Ich stürmte nach vorn.

Faris riss in letzter Sekunde sein Schwert nach oben. Parierte. Doch ab diesem Moment wendete sich das Blatt. Jetzt war ich es, die ihn über den Hof jagte. Ich brannte, und ich wusste, ich würde ihn verbrennen. Er hatte mir nichts mehr entgegenzusetzen. Mit unglaublicher Schnelligkeit und unbändiger Kraft trieb ich den Eisprinzen auf die Schlossmauer zu, bis zwischen dessen Rücken und dem Stein nur noch wenige Zentimeter Luft waren. Rot. In mir wurde alles rot. Eine Wut, wie ich sie noch nie zuvor empfunden hatte, eine Brutalität, die mir vollkommen fremd war, hatte von mir Besitz ergriffen. Wir waren uns jetzt so nah, dass ich Faris in die kalten blauen Augen schauen konnte. Mein nächster Stich schmetterte ihm das Schwert aus den Händen – er saß in der Falle, war wehrlos, mir vollkommen ausgeliefert. Trotzdem blieb sein Blick eisern und fest, war weder flehend noch bettelnd und – was mir gegen meinen Willen Respekt abverlangte – auch nicht ängstlich. Es war ein Blick, dem ich nicht länger standhalten konnte, denn er zerschnitt die Wolfsbarriere und erinnerte mich daran, dass ich trotz allen Kampfgeists eine junge Frau, eine Elfe war, die noch nie zuvor getötet, noch nie zuvor ein Leben ausgelöscht hatte. Mit der Angst, die ich plötzlich empfand, drangen auch die Geräusche schlagartig wieder auf mich ein. Hunderte aufgeregte Schreie dröhnten mir in den Ohren, die sich alle zu einem einzigen Tenor vermischten: LOS! Ich hatte das Gefühl, innerlich zu zerreißen. Wollte nach vorne stürzen und kam doch nicht gegen die Kraft an, die mich auf meinem Platz, die mich fest-, die mich zurückhielt.

»Sira!!!«

Ich riss den Kopf zur Seite. Turak! Er war kreidebleich.

»Stoß – zuuuu!!!!«

Von der Mauer her ertönte ein leises Schaben. Ich wirbelte herum. Faris Fuß stand auf seinem Rignajak. Es war ihm gelungen, das Schwert in seine Reichweite zu ziehen, und jetzt vermochte ich auch die mir noch kurz zuvor unerklärliche Abwesenheit von Angst in seinem Blick zu verstehen. Er hatte damit gerechnet, dass ich nicht würde zustechen können, war sich sicher gewesen, noch eine Chance zu haben.

»Neeeiiiiiiiiiiiiiiiin!« Die nächsten Sekunden verschmolzen zu Ewigkeit: mein Rignajak in Faris Brust; seine vor ungläubigem Entsetzen weit aufgerissenen Augen; Röcheln; Blut, das aus der Wunde quoll, mir Arme und Schwertheft rot färbte; sein leerer Blick; der dumpfe Laut, mit dem er zu Boden ging. Faris war tot. Der Eisprinz war tot. Und ein Teil von mir starb mit ihm. Ein wilder, fast heulender Schrei drang aus meinem Mund. Ich sank in die Knie, schlang die Arme um den Oberkörper und begann, mich zitternd vor- und zurückzuwiegen. Alles roch nach Blut. Metallisch. Ekelerregend. Ich würgte. Schluchzte. Da war keine Wut mehr in mir, keine Aggression, die meinen Blick rot färbte. Alles, was ich sah, war ein toter Elf, in dessen Körper mein Schwert steckte.

Und dann … zerriss ein weiterer Schrei die Stille: dunkel, qualvoll, laut, fassungslos. Ein Elf stolperte aus der Menge hervor. Ein Elf, der sich entsetzt die Hände auf die Brust presste und panisch versuchte, das Blut aufzuhalten, das daraus hervorschoss. Ekrasit.

Ich schloss die Augen, wollte alles aussperren, nichts mehr sehen müssen. Unter meinen geschlossenen Lidern quollen Tränen hervor. Tränen, die umso schneller flossen, je lauter das Jubelgeschrei wurde, das kurz darauf einsetzte. Mir wurde schlecht. Ich wollte weg hier. Weg von der aufgepeitschten Freude, die in der

Luft lag. Weg von der Begeisterung, die allenthalben um sich griff. Nur weg.

Im nächsten Moment hob mich jemand hoch. Jemand, der nach Schnee und Wind roch, mich fest an sich drückte und sich mit mir schnellen Schrittes von der tobenden Menge entfernte. Eine Tür schlug krachend zu.

Stille.

23

Turak legte mich behutsam aufs Bett, setzte sich neben mich und nahm meine Hand fest in die seine. »Mein Zimmer war näher.«

Ich nickte mechanisch, starrte ins Leere, versuchte zu begreifen, zu verstehen, zu akzeptieren. Es war vorbei. Ich hatte überlebt. War nicht mal nennenswert verletzt. Und doch – »Es tut so weh, Turak«, flüsterte ich erstickt und presste mir die Hand aufs Herz. »Da drinnen.« Er nickte ernst. »Ich weiß. Wer denkt, töten sei leicht, ist ein Narr. Du hast gesiegt, aber …«, sein Blick kehrte sich nach innen, »ein Schlachtfeld bleibt ein Schlachtfeld: Blut, Schreie, Elend, Schmerz, Tod – überall. Du weißt, dass das dein Werk ist. Und es tut weh. Es tut weh, weil du ein Herz hast, weil du fühlst, bedauerst, leidest. Weil du dir immer und immer wieder dieselbe Frage stellst: Warum? Und weil die Antwort so schlicht ist, so einfach: siegen oder besiegt werden. Denn das – ist Krieg. Schon wieder rollten Tränen über meine

Wangen. »Schschscht.« Turak strich mir mit dem Daumen zärtlich über den Handrücken. »Wenn es zwei Elfen auf der Welt gab, die deinen Schmerz *nicht* verdienen, dann waren es Ekrasit und Faris. Tausende von uns sind ihretwegen einen grausamen Tod gestorben. Familien wurden auseinandergerissen. Du hast alldem ein Ende bereitet, und dafür wird man dir ewig dankbar sein.«

Seine aufrichtige Anerkennung glättete die Wogen meiner aufgewühlten Seele. Die Eindringlichkeit seiner Stimme, und die Liebe, die darin mitschwang, beruhigten mein erschrockenes Herz.

Ich schluckte schwer. »Versprich mir, dass ich so etwas nie wieder tun muss. Ich will nie wieder töten müssen.«

Turaks Züge wurden weich. Er barg mein Gesicht in seinen Händen und sah mir fest in die Augen. »Ich verspreche es, kleiner Wolf.«

Seine Worte drangen in mein Bewusstsein und von dort direkt weiter zum Herzen. Erst jetzt, in diesem Moment, gelang es mir endgültig, ins Hier und Jetzt zurückzukehren, den Schlosshof, die Gewalt, das Blut und den Tod hinter mir zu lassen. Ich lebte. Neben mir saß der Elf, den ich liebte. Der Kampf war vorbei. Erleichterung mischte sich tröpfchenweise unter den Schock und die Verzweiflung, die noch immer in meinem Blut zirkulierten. Ich hatte es geschafft. Wirklich und wahrhaftig. Es war vorbei.

24

Ich schreckte keuchend hoch. Inzwischen war es draußen stockfinster. Was war das? Ich hielt den Atem an, lauschte – bis mir klarwurde, dass da überhaupt nichts zu hören war. Das Geräusch, das mich geweckt hatte, war nicht äußerlich – es war in meinem Kopf! Ein trauriges, vielstimmiges Heulen. Wölfe.

Ich sprang aus dem Bett, fiel dabei fast über Turaks Arm, der ihm im Schlaf zur Seite gerutscht war, stürmte einem plötzlichen Impuls folgend zum Fenster und sah hinaus. Da waren sie! Viele. Wahrscheinlich das ganze Rudel – oder noch mehr. Da vorne im Schnee lag etwas. Ich konnte nicht erkennen, was es war, aber als ich das Ding musterte, zuckte ein sengender Schmerz durch meine Gedanken. Mich erfasste rasende Panik. Ich musste dorthin! Sofort!

»Turak!«

Er schreckte so abrupt hoch, dass er sich den Kopf am Bettpfosten stieß und fluchte. Er verstummte jedoch augenblicklich, als er den Ausdruck auf meinem Gesicht sah. »Was ist los?!«

»Die Wölfe! Irgendwas stimmt nicht! Bring mich vors Schloss, Turak! Bitte!«

»Zieh dir was an.« Er streifte sich in Windeseile seinen Mantel über und schlüpfte barfuß in die Stiefel, ich griff nach einem Kleid, das ich mir schnell über den Kopf zog, und rammte meine Füße in ein paar flache Lederschuhe.

Der Chor in meinem Kopf heulte immer lauter. »Los!«

Turak rannte voraus, ich hinterher. Wir jagten die Gänge entlang Richtung Haupttor, das, sobald wir uns näherten, wie von Geisterhand aufglitt.

»Was war das denn jetzt?«, schrie ich gegen den Wind.

»Notfall«, keuchte Turak. »Steuerung per Gedankencode.«

Kaum, dass wir den Torbogen passiert hatten, sog Turak scharf die Luft ein – uns bot sich ein überwältigender Anblick: Wölfe. Nicht ein Rudel. Das mussten mindestens drei sein! Die Tiere bildeten eine gigantische Mauer, standen neben- und hintereinander. Ganz vorne lag ein einzelner Wolf am Boden, der von zwei seiner Gefährten flankiert wurde und so weiß war, dass er sich kaum vom Schnee abhob. Ich erkannte ihn nicht, bis er langsam den Kopf drehte und mich ein goldgesprenkelter Blick aus halb geschlossenen Augen traf. Bitte nein!

Ich stolperte durch den Schnee vorwärts, bis ich mich neben den Wolf knien konnte und sah, was von vorne nicht zu erkennen gewesen war: In Risskos Brustkorb klaffte zum Bauch hin ein langer, tiefer Schnitt, der sich an den Wundrändern bereits schwarz verfärbt hatte.

»Nein«, flüsterte ich erstickt. »Bitte nein.«

In diesem Augenblich hob der Leitwolf den Kopf. Ganz langsam. Es musste ihn ungeheuer viel Kraft kosten. Er suchte meinen Blick und richtete seine großen schwarzen Augen auf mich. *Sira.*

Seine Stimme wisperte durch meinen Kopf – leise, schmerzerfüllt, gebrochen. *Du bist da.*

»Ja«, hauchte ich atemlos, während ich entsetzt auf die Wunde starrte, aus der das Wolfsblut langsam an weißem Fell entlang in den Schnee sickerte und ihn rot färbte. »Ich bin da.« Und dann durchzuckte mich ein schrecklicher Schmerz, eine Erkenntnis, die dunkler nicht hätte sein könnte. »Nein«, keuchte ich verzweifelt.

Risskos Körper hob und senkte sich langsam unter mühsamen Atemzügen.

»Nein! Sag mir, dass das nicht wahr ist«, flehte ich leise. »Bitte! Sag mir, dass es nicht so ist, wie ich denke.«

Doch Rissko schüttelte kaum merklich den Kopf.

Ich schluchzte auf. »Wusstest du das? Wusstest du, dass das passieren würde?«

Nein.

Wort für Wort erschien seine Antwort in meinem Kopf: schleppend, ruckartig, mühevoll. *Ich hatte – keine Ahnung. Es muss in – in dem Moment – passiert sein, als du Faris – als dein Schwert in seinen Körper – Ich bin – war – der Leitwolf, Sira. Es waren meine – Befehle, die das Rudel – befolgt hat. Ich war Teil des – Bösen. Und jetzt – muss ich – anscheinend mit ihm – mit ihm untergehen.*

Risskos Kopf sank erschöpft zu Boden. »Nein!« Ich beugte mich nach unten, suchte seinen traurigen Wolfsblick. »Du hast für das Gute gekämpft, Rissko. Und ich – ich habe …«

Er fiel mir leise knurrend ins Wort. *Nein. Hör mir – zu.* Risskos Körper begann heftig zu zucken. *Dich trifft keine – Schuld. An nichts. Du warst – einfach wunderbar. Ich bin – bin so stolz auf dich.*

Ich schüttelte verzweifelt den Kopf. Das klang wie ein Abschied. Und richtig …

Ich muss jetzt gehen. Es wird einen – einen neuen Leit-

wolf geben: Jakink. Es war mir – eine Ehre, dich – kennengelernt zu haben. Lebe wohl –, Sira.

Risskos Blick wurde glasig.

»Nein.« Stumme Tränen rannen mir übers Kinn, tropften in den weißen Pelz und verfingen sich darin wie Glasperlen.

Sing.

Das war Risskos letztes Wort an mich, seine leise und flehend geknurrte Bitte. Und ich sang. Sang Worte, die ich noch nie zuvor ausgesprochen hatte, deren Bedeutung jedoch tief in meinem Inneren gespeichert zu sein schien:

»Jat van redet, ir man jedef,
Dunkler Schatten, der du bist,
worda rew jan kra,
dreh dich um zum Licht,
asta farko tam zo yorisch,
so wirst du finden deinen Frieden,
ip ma grasta sol van gra.«
wo sich die Sonne bricht.

Ich sang diese Worte wie einen Refrain und füllte die Pausen vor den Wiederholungen mit traurigen, tiefen Tönen. Nur am Rande registrierte ich, dass außer meiner Stimme kein Laut zu hören war: Kein Wolf rührte sich – sogar der Wind schien zu schweigen. Ich war Musik, und die Musik war ich. Durch meine Adern flossen Noten, mein Herz war purer Rhythmus. Es schlug im Takt von Risskos Namen. Es schlug in seinem Takt, bis es plötzlich ins Stolpern geriet, irritiert versuchte, sich mit einem weiteren Takt zu vereinen und es schließlich auch schaffte. Jetzt schlug es synchron. Synchron im Takt zweier Namen. Der zweite Name war der meines Vaters. Deron war mir in diesem Moment so nah wie nie zuvor in meinem Leben. Er war hier irgendwo. Ein Teil von ihm war hier. Und für diesen Teil sang ich, während ich behutsam über Risskos Flanke strich. Ich sah sie vor mir, alle beide: Deron, den ich nie richtig kennengelernt hatte, und Rissko, der mir gerade unter den Händen weggestorben war. Beide hatte ich geliebt, beide waren gegangen. Aber jetzt, jetzt kamen sie zu mir zurück, kamen schattengleich auf mich zu, der Wolf und der Elf, Rissko und mein Vater. Sie hielten inne, Deron griff lächelnd nach meiner Hand, Risskos Schnauze berührte kühl meinen Arm. In mir flatterte es glücklich. Ich hatte sie nicht verloren, würde sie nicht verlieren. Sie waren da, würden immer da sein – auch wenn sie sich jetzt langsam wieder von mir entfernten – Deron auf Risskos Rücken – und vom dichter und dichter werdenden Nebel langsam verschluckt wurden. Ich wiederholte den Refrain ein letztes Mal, unterstrich ihn mit hellen, zuversichtlichen Tönen und übergab die Nacht zurück an den Wind, der, sobald ich verstummt war, sein eigenes wisperndes Lied wieder aufnahm. Meine Hand streichelte noch einmal sanft über Rasskos weiches Fell, dann richtete ich mich auf und drehte mich um.

Turak stand etwas abseits. In seinen Augen glitzerten Tränen. Ich ging langsam auf ihn zu, bis ich direkt vor ihm stand.

»Du bist eine Bajak«, flüsterte er ergriffen. »Eine Zauberin der leisen Töne, eine Elfe, die den Tod zu überwinden hilft, den Seelen den Weg nach Lima weist.«

Ich schmiegte mich in seine Arme, lehnte den Kopf an seine Brust und lauschte auf seinen kräftigen Herzschlag. Eine Bajak also. Deron. Ich hatte gewusst, dass er zurückkehren würde, hatte es gespürt, ganz tief in mir drin. Jetzt wusste ich warum.

»Eine Lin und eine Bajak«, flüsterte Turak. »Ich hab ja schon immer gewusst, dass du außergewöhnlich bist, aber das – grenzt schon fast an ein Wunder.«

Hinter uns regte sich etwas. Ich wandte den Kopf. Die Wölfe. Sie zogen sich zurück, brachten ihren toten Leitwolf dorthin, wo er sich am wohlsten gefühlt hatte:

in den Wald. Einer nach dem anderen verschwanden sie zwischen den Bäumen, ließen uns allein. Da, wo eben noch Risskos Körper gelegen hatte, war jetzt nur noch ein großer roter Fleck.

Ein lautes Heulen. Jakink. *Ich danke dir, Sira. Wir sehen uns – bald.*

Stille.

Ich war froh, dass Jakink der neue Leitwolf war –, ich mochte ihn. Aber Risskos Tod war so plötzlich, so unerwartet gekommen und ich empfand ihn als so ungerecht, dass bei der Vorstellung, ihn so einfach ersetzt zu wissen, ein leiser, feiner Schmerz in mir wütete.

Turak ging in die Knie und fuhr mit den Fingern sacht durch den rot gefärbten Schnee. »Leb wohl, mein Freund«, raunte er leise.

Mir war, als bräche ein Damm in meiner Brust. Von allen Worten, die Turak in diesem Moment hätte wählen können, waren diese vier für mich die wunderbarsten, die kostbarsten, die, die mich ihm auf eine Weise näherbrachten, die uns bislang noch nicht verbunden hatte. Ich war mir dessen schon immer bewusst gewesen, hatte es gespürt, seit ich ihn zum ersten Mal gesehen, ihm zum ersten Mal wirklich gegenübergestanden hatte. Aber jetzt, in diesem Moment, brach das, was ich für diesen Elfen empfand, in einer Gewaltigkeit über mich herein, deren Ausmaße zu beschreiben fast unmöglich ist und sich nur unzulänglich in den einen Satz pressen ließ, der mir trotz dieser Tatsache über die Lippen rutschte, weil ich ihn schlicht nicht aufhalten konnte, nicht aufhalten wollte. So banal er auch klang, sooft er auch schon benutzt worden war, in diesem Moment war er wie für mich geschrieben, war er der einzige, der annähernd passte, und ich legte so viel, wie ich nur konnte, von dem Vielen, was eigentlich hinter den Worten steckte, in ihn: »Ich liebe dich, Turak Eskalasir.«

Er erstarrte mitten in der Bewegung, verharrte vollkommen reglos, bevor er sich wie in Zeitlupe aufrichtete, sich umwandte und mir mit ernstem, dunkel schimmerndem Blick tief in die Augen sah. »Für immer?«

Es dauerte fünf stolpernde Herzschläge, bis die Bedeutung seiner Worte endgültig in mein Bewusstsein drang. Fünf vor Glück stolpernde Herzschläge, die ich nie mehr vergessen sollte. Es war, als müsste ich mich erst wieder daran erinnern, wie Sprechen funktionierte oder als hätte ich es niemals beherrscht. In jedem Fall brachte ich nicht mehr als ein Flüstern zustande, obwohl ich die folgenden zwei Worte am liebsten lauthals in die Stille der Nacht geschrien hätte. »Für immer.«

Dort, wo seine kühlen Lippen meinen Handrücken berührten, erschienen wie aus dem Nichts frostig glitzernde Schneekristalle, die sich zu zwei ineinander verschlungenen Ringen zusammenfügten.

Vergangenheit und Zukunft – der Kreis war geschlossen.